献给新中国

华诞·四川监狱民警文学作品集

冰渡

卷起千堆雪

四川省监狱管理局　主编

四川大学出版社

项目策划：段悟吾　王　军
责任编辑：喻　震　廖庆扬
责任校对：周　颖
封面设计：胜翔设计
责任印制：王　炜

图书在版编目（CIP）数据

卷起千堆雪：献给新中国70华诞·四川监狱民警文学作品集 / 四川省监狱管理局主编. — 成都：四川大学出版社，2019.9

ISBN 978-7-5690-3096-9

Ⅰ. ①卷… Ⅱ. ①四… Ⅲ. ①中国文学－当代文学－作品综合集 Ⅳ. ①I217.1

中国版本图书馆CIP数据核字（2019）第205945号

书名　卷起千堆雪：献给新中国70华诞·四川监狱民警文学作品集

JUANQI QIANDUIXUE: XIANGEI XINZHONGGUO 70 HUADAN · SICHUAN JIANYU MINJING WENXUE ZUOPINJI

主　　编	四川省监狱管理局
出　　版	四川大学出版社
地　　址	成都市一环路南一段24号（610065）
发　　行	四川大学出版社
书　　号	ISBN 978-7-5690-3096-9
印前制作	四川胜翔数码印务设计有限公司
印　　刷	四川盛图彩色印刷有限公司
成品尺寸	170mm×240mm
印　　张	21.25
字　　数	164千字
版　　次	2019年9月第1版
印　　次	2019年9月第1次印刷
定　　价	58.00元

◆ 读者邮购本书，请与本社发行科联系。
电话：(028)85408408/(028)85401670/
(028)86408023　邮政编码：610065
◆ 本社图书如有印装质量问题，请寄回出版社调换。
◆ 网址：http://press.scu.edu.cn

四川大学出版社
微信公众号

编委会

当梦想结成硕果

何开四

习近平总书记在党的十九大报告中强调指出：“要繁荣文艺创作，坚持思想精深、艺术精湛、制作精良相统一，加强现实题材创作，不断推出讴歌党、讴歌祖国、讴歌人民、讴歌英雄的精品力作。”四川监狱始终不忘初心，牢记使命，在“四型监狱”建设中坚持以文化监狱为引领，以警营文化、廉政文化、监区文化、监狱企业文化建设立梁架柱，开展以四川监狱精神、四川监狱警官之歌、四川监狱文创标识及自强书画院文创等为主题的创作及活动，在筑梦时代、跨越发展的征程上，不断绽放监狱文化建设的缤纷花朵，结出弄潮时代、引领潮流的丰硕成果。

围绕司法厅党委“一家人，一条心，一个目标”

精神，在局党委坚强领导下，全省监狱民警身体力行，中流击水，在时空的坐标系里拉开象限，于梳理展望中勾勒同心圆。喜逢新中国成立70周年，回看“文化监狱”之路，全省监狱系统“筑梦新征程——庆祝新中国成立70周年”征文，正好为全省监狱民警挥洒豪情打开一扇窗口，全方位展现出在“文化监狱”的实践中所取得的辉煌业绩。

于是，我们欣喜地看到从民警内心深处春水般涓涓流出的一首首诗歌，一篇篇散文，一个个故事……既有文字的墨香隽永，也有对四川监狱脱胎换骨的欣喜感念，更有对祖国富强民主文明和谐美丽繁荣的盛情礼赞——

“曾经，母亲两滴泪/一滴/黄河之水滔滔天上来/一滴/长江之潮滚滚日月垂”（《母亲的泪——庆祝新中国70华诞》）。诗歌言简意赅地塑造了祖国母亲高天朗月、大气亲和的崇高形象。

“松潘。力量在这里汇聚/指挥部简易的帐篷里/灯，不知疲倦地亮着/人来人往，冷静而沉着/十个昼夜，千里大转移/在这里运筹谋定”（《诗咏“5·12”千里大转移》）。是啊，正是松潘夜色里那盏不熄的灯，映照出监狱民警的赤子情怀，映照出“千里大转移”成功经验，以及被写入哈佛大学《世界巨灾应对经典案例》的恢弘图景！

“擦拭初心/擦拭使命/不经意擦亮了一支队伍/70年接力的锋利”（《擦拭》）。监狱警察的家国情怀和铁血丹心，跃然纸上。

“手机躺在城外冬眠/监控，画面翻滚/眸子，以战斗的姿态紧盯/另一双眼潜伏在月球/吟诵卞之琳的《断章》”（《雪夜围城》）。谁是最可爱的人？字为真情，言为心声，情长意深，文见人影。

我想，作为监狱民警，对这些文字哪怕只是匆匆一瞥，也会产生强烈的共鸣。不能把手机等通信工具带入监管区，这是制度的红线。民警的职业道德和执行的坚决、精气神是那样令人钦佩。盛世和谐的风景，因为民警的执著，民警执勤守护的忠诚，民警的无私奉献，而积淀了无坚不摧的厚实底色。

“监狱以前都是一排排低矮的房舍，设施简陋，环境恶劣……在荒山上刨地种菜，修房建屋，还要教育、改造和感化罪犯……或许，就是那种理想和信念，让我们走到了现在”（《我的监狱人民警察梦》）。

质朴的文字，近似白描的记录，永远青春不老的信念，从而把四川监狱的过去与现在紧密串联起来，把秉持和传承融合起来，令人感佩不已。忘记就是背叛。记住曾经走过的路，走好当下的路，憧憬未来的路，这是从一本书，到一个人，到一个系统，都应该是责无旁贷的担当。特别是青年民警，生在改革开放后，对曾经的民族灾难、历史曲折、监狱辛酸还了解不多，认同不强；对四川监狱“五年三步走”取得的辉煌成就还感悟不深，珍惜不够。还需要在思想上重走“长征”路，在政治上强化不忘初心牢记使命，在文化上吮吸更多的滋养。对于他们来说，本书更是生动的教科书和精神食粮。翻开这本书，从《西宁河谷的枪声》中可以感受四川监狱前辈为巩固新生政权冲锋陷阵的英雄气概；从《希望的色彩——四川首例“千里转监·骨髓移植救子”纪实》中可以感悟千里大转移历经艰辛、不离不弃、舍生忘死的惊心动魄；从《信仰导航70年》中可以体会四川监狱人60多年笃定信仰、追逐梦想、砥砺奋进的无悔忠诚！

“文章合为时而著，歌诗合为事而作。”读一读这些出自我省监狱民警“青鸟殷勤”般的滚烫文字，内心必定会焕发感同身受的信念。让我们振奋精神，整理行装，一路前行，共同凝聚实现中华民族伟大复兴更加磅礴的力量。

仰望长空，星光灿烂；筑梦征程，初心不改。

警徽熠熠，映照日月光华；警服肃肃，牢记庄严使命。希望常在，梦想常新！

2019 年 8 月

目录

Contents

诗歌卷

散文卷

小小说卷

报告文学卷

诗歌卷

“牢记使命”，筑梦天地流芳
“不忘初心”，统领九州盛世希望
啊，母亲的泪
紧贴人民的心脏
山河万古笑，五湖四海香……

——《母亲的泪》/袁　忠

■袁　忠

母亲的泪

——庆祝新中国70华诞（外一首）

曾经，母亲两滴泪

一滴

黄河之水滔滔天上来

一滴

长江之潮滚滚日月垂

千年雨雪风霜

数载春秋华夏

母亲的泪啊

饱经沧桑，源远流长

世纪的苦难悲怆

颓替的帝都王朝

曾让母亲
风雨飘摇，流离凄荒
内乱的纷争
外敌的嚣狂
曾让母亲
泪雨纷飞，满目萧黄
八千里路云和月
九曲魂惊涛骇浪
母亲的泪啊
萃取雪山草地之光
熊熊炬火
爆发出燎原千秋的力量
铁锤，高高举起
宣誓母亲斩钉截铁坚志如钢
镰刀，熠熠闪亮
隆起母亲势不可当金色脊梁
啊，黄河，长江
喷涌出民族解放光明的
滔天巨浪
七十载风雨沉浮

七十载日月辉煌

母亲的泪啊

幸福骀荡，歌声嘹亮

铁甲列阵纵横大洋

银燕亮翅直上九霄

一带一路，友联四邦

沧海桑田，锦绣福昌

如今，母亲两滴泪

一滴

“牢记使命”，筑梦天地流芳

一滴

“不忘初心”，统领九州盛世希望

啊，母亲的泪

紧贴人民的心脏

山河万古笑，五湖四海香……

霜林红枫

——献给为监狱事业奉献的人们

时光的峰岭
静立不忘
你灿烂的笑容
如梦一般
红色飘扬

脚下的泥土
风雨飘摇
你总以凛然不屈的脊梁
锻红悬崖
正义焜煌

霜风总是迎面而来
交锋你血染的刚强
你的信念如火铿锵

闪现道道曙光
剿灭一切邪恶的嚣狂

寂寞之隅
蔓延红色的根网
凛然风骨
滚烫使命的高岗
啊，山河如此风流
笑看春风过往

多想在你的面前
擎立温暖的思念
啊，霜林红枫
生命，紧贴你的胸膛
让风，吹成了红色的海洋

■吕正荣

诗咏“5·12”千里大转移（组诗）

震中“孤狱”

撼天动地的震波所向披靡
应力所至，石破天惊，摧枯拉朽
撕裂山河，揉碎文明
也扭曲了这座特殊的“城”
天塌地陷间，钢筋混凝浇筑
森严的狱地，满目疮痍

藏蓝的身影，逆行成最美风景
穿行于倾覆的监舍、车间

撑起高墙电网之间
一处处生命的甬道
停水，断电，通信中断
震中绝地韶华崩塌，四伏危机

龙洞沟泥魔

电闪雷鸣，风声鹤唳
疾风裹挟着暴雨
纷至沓来
破碎的岩石，滂沱的雨水
蠕动的泥沙，缓缓混铸
龙洞沟口，泥流成魔
你以匍匐的姿势
蛰伏。在幽暗的夜色里
透着冷峻，暗藏杀机

20 万方，40 万方
100 万方。惊悚的数据
瞬间便可倾覆绝地“孤狱”

只待积聚的力，喷涌
便实现从量变到质变的蜕变
湮没尚存的微弱生机

松潘的夜色

空投，五千米凌云
向着震中“孤岛”
紧急驰援的小分队
千里辗转，逆行而来
大米、粮油、方便面
矿泉水、帐篷、药品
以及急需的监管装备
废墟之上，阵阵欢呼声
生动而激越

松潘。力量在这里汇聚
指挥部简易的帐篷里
灯，不知疲倦地亮着
人来人往，冷静而沉着

十个昼夜，千里大转移
在这里运筹谋定
作战图上一次又一次标注
圈点和调整，汇聚起强力
方案在余震里延展
车队，在道路破损不堪的
蜿蜒中辗转。与时间赛跑
为生命护航。首批次告捷
第二批次安全抵达……
一次次穿越灾难，迈向胜利

雅克夏雪山

海拔 4743 米的山口
迎来从松潘上来的队伍
飞雪漫天，要为风尘仆仆的
钢铁车龙洗尘
突破一切关隘
有一份瑞雪兆丰年的欣喜
雅克夏雪山

名字透着隐忍的力
白雪皑皑，广阔高深
用正义的纯净
为迷失的灵魂，渡劫

温暖的路标

余震频频袭来，尘土飞扬
乱石凌空，车队逶迤蛇行
尘烟四起的路途
多部门携手，协同联动
公安，交通，气象
武装警戒，交通管制
运管保畅，气象监测守护同行
一个个路口一处处险关
晨光里。烈日下。骤雨中
身着反光条纹背心的身影
沿途遍布
手中的小彩旗
温暖而鲜艳

给人带来的是，平安

战地抢险队

警灯闪烁，蜿蜒成长龙
向着平安的彼岸突进
暴雨倾盆，填注、充溢
将山体、危崖的虚空撕裂
两河口塌方
石大关，十里铺泥石流
叠溪方向滑坡。道路阻断
调整，避险。再优化
路线在左突右进中丰盈
勾勒出激越如歌的画卷

听，指挥部传来消息
前方塌方断道
抢险力量已第一时间
倾力抢通，清障保畅
看，远处公路上方有滑坡险情

两名观察员正蹲守在山口
挥动的双臂，坚定而有力
车队快速通行，汽笛齐鸣
只为向形单影只的他们致敬

■景　平

四川监狱建设者之歌

曾经在纵千里横千里的西部高原和山区
几排矮小的干打垒土房叫劳改队
那时离监狱还隔着贫穷和落后
穿堂风让泥土墙一直都露出篱笆的笑牙
危险都无处可藏
逃跑都不用计时

“5·12”汶川特大地震
迫使“罪犯避险千里大转移”
穿过雪山的车队像织成机遇的良梭
“4·20”芦山地震
四川监狱挽起灾后重建的巨浪

那一刻我们举起长满老茧的手掌
用钩横撇捺的笔势
在巴蜀大地星罗棋布的空格里填词
改扩建的平
搬迁建的仄
用发展的琴弹出了转型跨越的和弦
是双手中 43 亿的砖
砌成崭新的 30 所监狱
高墙来电了
铁门 AB 了
监墙每一米都是热血的厚度
警灯每一盏都是法律的承诺
哨兵每一眼都是震慑的透视

今天
我们以四川监狱人顽强创新的精神
在监狱文明史上
在电网格子间镌刻上进步的字体
把高墙描绘成一扇打开的窗
向外喊出地理移位文明升级的新口号

■余智明

仰望大墙上空的星（组诗）

雨，终于停了

——写给革命烈士吴波

1999 年 4 月 5 日夜，雅安监狱年仅 29 岁的民警吴波组织罪犯在印刷车间劳动时，受到两名罪犯偷袭，以身殉职，被四川省人民政府追认为革命烈士。

四月的雨城雅安，乍暖还寒
每一条路上好梦翩翩
一个年轻的民警
被罪犯手中冰冷的铁榔头砸倒
血，如雨涟涟

那夜的雨
在大墙内外淅沥呢喃
在青衣江上仰头问天
怎么也不愿停下
和着我停不下来的沙沙笔画
我固执地相信，雨
就是天上星星
寄给大墙的泪笺

季节波澜不惊
大墙早已血脉偾张
黑夜可以遮挡罪犯的恶
却无法掩盖一丝一毫的罪

罪犯低头伏法的那天上午
雨，停了
阳光栖在每一个民警头上
把警徽燃成一片奔腾的焰

两颗子弹

——写给革命烈士陈德勋

2001 年 2 月 28 日，阿坝监狱狱政科副科长陈德勋在追捕两名逃犯过程中，壮烈牺牲，被四川省人民政府追认为革命烈士，被司法部追授为一级英模。

每一次采访
都是舌头掀开伤痕
每一次提笔
泪水都模糊我的眼睛

思绪如网，筛掉
追捕路上所有硝烟弥漫的晨昏
所有殊死搏斗的动魄惊心
风声，如诉如咽
激荡岷江的波澜
刺痛我的每一根神经
两颗子弹，穿透时空的翅膀
一颗，带着罪恶
让民警光荣成为英模

一颗睁眼，愤怒转身
把天网恢恢的故事
倾情上演

无论我磨砺怎样的文字
英雄终究无语。唯有
两颗子弹
时时交响长鸣

天上星星多了一颗

——写给一级英模汤洪林

2017 年 3 月 7 日，巴中监狱民警汤洪林，因积劳成疾，突发疾病，后因医治无效，于 3 月 12 日以身殉职。他被司法部追授为一级英模，被四川省人民政府追授为四川省优秀共产党员。

下午五点走出监狱大门
从此再也没能回到高墙内
一生战斗的岗位

很多人说你走得突然，其实
身背白发母亲撕心裂肺的痛
胸挂妻子的彻夜难眠
手心紧握儿子蜜糖般的声声呼唤
你的每一步
足以把时间压弯

你走了吗，走了
我看见
高墙内警察少了一个
天上星星多了一颗

擦拭

——写给甘孜监狱民警肖勇

2018 年 11 月 30 日，甘孜监狱民警肖勇值班时突发疾病。我们通过监控发现，在生命的最后时刻，他用纸巾努力把自己不小心吐在墙壁上的鲜血使劲擦拭……12 月 1 日，他永远离开了我们。

身子佝偻。汗如雨
滴下生命不再饱满的养分
左手扶墙，右手用尽全身
最后的力气
在把你口里喷出
不小心溅红监墙的鲜血
一遍，又一遍
轻轻擦拭
朴素的动作，扩张开去
恰如几道闪电
墙角那一树树红梅
突然从梦中睁开眼

清醒的坚持
只为今生不留瑕疵
从此，在监控视频里
所有人都可以看到
你在不知疲倦地
把监墙上的点点猩红
轻轻擦拭

每天早上走出家门
你习惯把头上的警徽
轻轻擦拭
每天上班，你习惯用铿锵的足迹
把铁窗内的灵魂
轻轻擦拭
其实，你平凡简单的一生
坚守在海拔 3500 多米的土地上
习惯用深情的眸光
不知疲倦地把共和国的天空
轻轻擦拭

擦拭初心
擦拭使命
不经意擦亮一支队伍
70 年接力的锋利

■周礼勇

我不是长征路边的一棵树（外二首）

我不是长征路边的一棵树
所以看不到曾经破碎的天空
太阳被硝烟遮蔽
透出赤色和白色的光
江河像一道道崩裂的伤口
奔涌着分裂的痛，一群头顶五角星的人
从雪山之外走来
用长途跋涉缝合破碎

我多想成为长征路边的一棵树
一棵等你的常青树
哪怕我的花和果实还没有结出

至少有一身树叶、树皮和根能让你果腹
而我的丫枝，可以成为你的拐杖和担架
或变成山顶的一缕狼烟和寒夜里的
一簇篝火，如果这样还不够
那我就提前成熟种子
藏进你的破棉袄里，一粒粒落在长征的脚印里
在你走过的地方生根发芽成树

我无法是长征路边的一棵树
因为缝合后的家园很美
虽然也有洪水、天灾、地震和人祸
但复兴之路的新长征永远不会停止
而我，已是新长征路上的人

梦笔山口怀想

在梦笔山口，苍鹰驭风盘旋
以搏击的姿势注解海拔高度
和前进的决绝

这里的天空是长征，爬满了云朵
山也是长征，顶着一头白雪
乃至每一棵树，每一根草都是长征
跋涉自己的命运

我来了，多想从这里拔起一根草
如从长征里取出一根骨头
如把生命中的脚步契合
放进拥挤的路上
用脚印交叉脚印，脚印覆盖脚印

脚下有路，路旁有草，草的远处有残雪
雪山吞噬的硝烟和年轻的生命
今天，会不会从长征里醒来

你是基那布特熊熊燃烧的火把

——致战友杨青龙

2019年8月14日晚18时，凉山彝族自治州布拖县乌科乡驻村工作队队员，四川司法行政援凉民警杨青龙因病医治无效，离开人世，生命永远定格在第56个春秋。

一颗英雄的心脏停止跳动
整座大凉山也会感到窒息
漫天的繁星在基那布特的夜晚垂泪
送别你在大凉山年轻的生命

贫穷限制不了人们的想象
你是基那布特熊熊燃烧的一束火把
照亮乌科乡的每一户彝族同胞
引领他们走上脱贫的道路

红，是你定格的身影

红，是你不变的底色
你的战友们会将你高高举起
你的红光
与漫山遍野的索玛花交相辉映

■尤　玲

雪夜围城

我的心跳
惊动了园子的阒静
寒流
入侵围城里每一个细胞
格子里的灯光
被冻得晶莹剔透

偶尔，铁门咣当
引得烈犬狂吠
构成这沉寂里
特有的音阶
该休息了

可大脑清透如泉
在三更到来之前
无辜的瞌睡虫
瞪着天花板发呆
等待闹铃催促声响

手机躺在城外冬眠
监控，画面翻滚
眸子，以战斗的姿态紧盯
另一双眼潜伏在月球
吟诵卞之琳的《断章》

白雪悄悄飘落
穿越层层封锁
在青砖灰瓦间跳着芭蕾
在洗心池的岸边
纵身为一滴热泪
划过黑夜的脸

雪夜围城

二十四小时不打烊的城
藏蓝被雪花包裹
在国徽下肃立成一尊雕塑

■孟　松

扶贫警察在凉山（外二首）

晒穿着警服在扶贫现场
表明是扶贫工作队中的一名警察
晒莫红乡的牌子
暴露了你扶贫工作的地点
晒穷山，晒恶水
足以说明当地自然地理条件恶劣
最难忘的，是你晒过的冬夜里的一炉炉火
让人倍感大凉山深处
一个人的冬夜的那份孤独和冷
昨天，又见你晒了
群山间白云朵朵
大凉山的山，如长跪在地的汉子

不能再晒了，再晒
我怕你晒出，200 公里山外的宜宾
你读幼儿园的小儿
和仍在人世的，90 岁的父亲
不能再晒了，再晒
我怕你稍不注意触屏的手指
会触到自拍键，晒出一张泪流满面的脸

在四川监狱博物馆

在四川监狱博物馆
如果把那些铁锹、铁铲、老枪、土铐、土镣
甚至那些马灯、板凳、桌子、机床
和更大些的小火车
统统丢进一个叫时间的熔炉
我敢保证，最后
铸造出的一定是有硬度的八个字——
忠诚，尚法，自强，和谐
甚至，我固执地认为
四川省监狱管理局

大院内，那八个字就是这样来的

如果

这墙壁上的 5000 枚手印
分明让我看到了
历史深处，5000 位有名有姓的主人
从巴山蜀水间赶来
在这里，举行着一场集体的宣誓

——听吧，这是一只只谱写忠诚的手
——听吧，这是一只只崇尚法律的手
——听吧！这是一只只自强不息的手
——听吧！这是一只只创造和谐的手

如果把这墙上的 5000 枚手印拼起来
组成一枚心形的警徽图案
我的共和国母亲啊
这是四川监狱人，献给您的誓言！

■卢　伟

山·梦

山，连绵的大山
泥泞的羊肠小道
山林，乱云
挟裹着几间用于囚禁的瓦房
初入职的场所
不如农村的家
穷山横亘青春和明天
走出大山的梦
像满山的荒草疯长

山，坚挺的大山
是一种磨砺

悬崖的紧逼
让人必须脚踏实地
才能登临极目千里的山顶
事业如是
岁月如歌
走出大山的梦
像翱翔的山鹰在风雨里搏击

山，远去的大山
把拓荒者写进史记
下山，进城
梦圆，像风走了几千里
城里的灯火阑珊
监房的新楼林立
生活的日新月异
感恩弄潮人的风正帆悬
我朝着东方
十指相扣如拳举过头顶

■宋　晶

筑·新生

我在造一所房子，
每天衔来一点希望。

听你说你的房子太破了，
不想再去修缮，
我希望能和你一起建一所新的给你。
于是，
我们一起造这所房子，
每天衔来一点希望。

房子终于造好了，
你住进去开启了新生活，

而我，

转头对角落里的他说，

让我们一起帮你建一所房子吧。

接着，

我和他开始造那所房子，

每天衔来一点希望。

■田洪元

川北行吟（组诗）

校场梁上

那时，校场梁还是庙二湾的最高点
野草、虫蛇、棒老二、乌鸦
早早盘踞了这一大片乱坟岗
爷爷沿着嘉陵江、东河，走了一百五十公里
用红旗、口号、脚板、锄头
一寸一寸地改造脚下每一步荒凉
连犯人中的地痞、流氓、土匪都俯首承认——
新中国，新政府，新社会
只要有了一双手，就能在没有路的路上

确定旺苍煤铁支队每一步崭新的去向

那时，校场梁上的夜空高远
炼铁炉的白烟，就那样直接挂在月亮之上
汽笛声的高亢，常常把爷爷的一身疲惫撞出回响
那时，火热的生活中，他好像变成了一块砖
坚硬、方正、隐忍，被一一砌进长长的围墙
或者码进高低不一的烟囱、岗楼、料仓
一起朝着覆盖米仓山的天空挺直胸膛
一起顺着校场梁蜿蜒起伏的脊梁
一起受着岁月中躲不过去的雨雪风霜

一块砖源于一堆黄土，最后也归于一堆黄土
一同消逝的，有生铁、铸管、机焦、煤炭
一同掩埋的，有苦难、寂寥、荣誉、骄傲
一同生长的，有青草、回忆、思绪、月光
…………
新监狱搬到绵阳的那一年清明，我返回校场梁
南瓜山野草茂盛，一块泛黑的墓碑迎接了我
它正对着三百米开外，原旺苍煤铁厂大门的方向

它好像还是那道大门前一个忠心耿耿的卫兵
却又分明是一块立着的青砖，刻满墓志铭的荣光

注：校场梁，位于旺苍县嘉川镇，原四川省旺苍煤铁厂（川北监狱企业前身）厂部机关所在地。

石洞沟里

等你爬上红岩山的陡坡
找到被钢钎、风钻、炸药、北风
咬出满身伤痕的一块矿石
你会感觉，每一处疼痛都与你的神经牵绊

等你钻进地下七百米深处
蹚过被湿气、粉尘、瓦斯、污水
一口一口吞掉光亮的一条巷洞
你才发现，一条巷洞就连通着你的一根血管

等你拖拽着一大堆挣扎的人

拼命跨过被欲望、罪恶、迷茫、悔恨
永远也填不满的一条深沟
你得承认，你自己常常在一条浅沟前轻易搁浅

最后，有了醉意的父亲对我说——
这就是石洞沟。就像这口酒
可以离它很远，就是始终戒不掉
还好，你没踩着我的脚印继续走

我向父亲敬酒，祝他身体健康
祝他在小枧沟镇嘉欣警苑里安度退休生活
我说：这里老同事很多，我也会经常回来看您
我在成都的生活工作都很好，不要为我担忧

现在，我一边穿行在川西坝汹涌的人流中
一边小心翼翼地避开乱石、暗洞、阴沟

注：石洞沟，原川北监狱最偏远、押犯最多的监区所在地。

富乐山下

四川盆地北边旺苍县的山，名字质朴
比如米仓山、鸡鸣山、南瓜山
大概国家级贫困县的帽子戴久了
不知道什么是诗意，什么叫抒情

绵阳市富乐山浓重的文化气息
肯定影响了不远处的这座监狱
它就是从川北旺苍县搬迁而来
一贯粗放的格调中，多了些抒情

这种抒情，看着就很饱满
每一米高墙许下的心愿，都高大厚实
对大墙外近在咫尺的富乐和谐场景
即便一句看似简单的平安祝福
都注满万无一失的感情

这种抒情，深藏着真挚的情感

惩罚、改造、悔过，是随处可见的
黑体字线条反复加粗，再反复吟唱的黑体字
新生、守法、幸福，是 AB 门外自由的风
扑打在刚刚走出来的人脸上的一路叮咛

这种抒情，值得长久地倾听
方圆三百亩的呼吸，夜晚和白天一样稳定
风中舒展的红旗，周而复始地抹平时间的皱痕
从不见它投下一丝倦怠的阴影
担当得起一支队伍的致敬，和 70 年的同行

这种抒情，最终还是直白的
曾经倾斜躁动的世界
在这里平静地让人难以置信

■杨汝君

天　明

是否还记得
斑驳的苍林
清香的茶园
一群拓荒的勇者
川流不息
历史的鸣笛
重生的荆棘
用手笔
勾勒出崭新的
宁静安稳的后方阵地

向上的路

总是坎坷又崎岖
轰轰碍耳的机器声
规范整齐的报告声
伴着有序的节奏
竟已成为绕梁清音
白天，谈话室里的谆谆教诲
夜晚，值班室里的伏案沉思
为迷乱的眼神
指点迷津
让蒙灰的心田
洗尽污垢

无尽的繁忙，早生的白发
贤良的爱人，年迈的亲人
我知道
有些东西
你，没法割舍
望着月亮，告诉我你在思念
听着鞭炮，告诉我你的不安
赤子之心

拳拳之情

你粲然一笑

轻轻说：休息吧，等天明

■何国玺

今夜，我值班

夜幕徐徐拉开
目光调试最亮
小心巡视
显示屏中的每一个角落
认真巡查
监管区内的每一个部位
就这样
以神经紧绷的方式
开始今夜的值守
内心深处涌动坚定的信念

日复一日

年复一年
那些冬天的寒冰
渐渐消融
春天的呼唤里
每个日子都有新生的歌声

今夜，我值班

■谭朝花

川内 2018 年第一场雪（外二首）

踩着年末有备而来，仿佛要为今年完美总结
监狱民警的朋友圈不约而同从冬眠中醒来
不晒太阳，晒起了雪

腾腾只显摆了一朵不经意挂在制服上的雪花
就惹得小伙伴倾情点赞，手舞足蹈起来
毕竟，这是一朵深爱已久的雪开出的花儿啊

整个冬季，盆地的人们都在仰望，期盼
因为相信，雪会使这个年底更显丰满、祥瑞
我的小伙伴纷纷表示
再冷，也有足够信心去敲开那枚叫作希望的彩蛋

我仿佛看到，那朵雪正舒展翅膀
往一个叫作春的方向飞去。
我们会在一场叫作秋实的盛事之后
再次与她相见

雪落无声

一夜之间，天和地统一口径
在寒风掩护之下，铺开一床宽大厚实的冬被
掩盖着老基地冷寂的废墟，好似
在小心迎候我这故地重游的久别之人

白作为唯一主色，大笔一挥
把一切涂抹得简单干净
包括那年夺走了刘家阿婆的山崖，包括
那年吞噬了同事家两个小儿的水塘
轻描淡写间都一笔带过

踏雪寻梅是一种诗意

寻找残垣断壁的旧居是一种情怀
我在一片苍茫中苦苦寻觅着父亲的坟茔

远远的，看风景的路人拍下的照片里
连悲伤都是童话，包括
仙峰山冰天雪地的荒草密林中，我的那些
永远带不走的
亲　人

花雨

这是四月的一天，我从指挥中心楼下经过
那里水清，草绿，花繁

桃花、李花开过，玉兰花也开过了
眼下，山茶花开得正艳

而樱花，正从一大片烂漫云彩，开成了
一场粉色的花雨

刚好，我就穿行其中，任她们大朵大朵
撒向我的一身藏蓝，亲近我的满头华发

春天完美谢幕
像极了我这朵警花

■李天奎

把美好留在生命里（外一首）

请珍惜
在春天与你相遇
风儿拂着你灿烂的笑脸
雨儿淋绿了枯萎的外衣
春雷惊醒你的颓废
小溪滋润着悠悠的长堤

是谷雨吗
与暮春有一次伤心的告别
繁花落尽，浓妆抹去
天香国色的牡丹悄然绽放
季节可以轮回

羞涩翠绿的青果装点着你的艳丽

请珍惜
秋天里的相遇
岁月染黄了满山的绿叶
千年柏桐传来秋蝉的哭泣
青丝不可能长驻发间
挚守和陪伴却永远存留心底

把美好留在生命里吧
即使在冬日相遇
仍然有漫天的雪花飘逸
冰冻是一种为了厚爱的储存
学会将所有怨恨抛弃
当下一个春天到来
生命将会绽放更多的惊喜

家乡的樱桃红了

苦竹溪其实并不苦
每到这个季节
都洋溢着满河的春声
两岸相望的苦竹
是我思念的亲人

老屋前的那片樱桃树啊
被春风一吹
便笑语盈盈
青涩似豆般的小果
恰似儿时伙伴欢快的身影

在春雨和阳光的抚摸下
由浅黄、淡红到深红
瞬间羽化成九儿娇羞的红唇
如此玲珑剔透
楚楚动人

透过绵柔雨丝织就的春纱
仿佛看见你婀娜摇曳的倩影
时光可以流逝
记忆也可以模糊
思念却从来不曾稍停

家乡的樱桃树啊
家乡的樱桃林
是苦竹溪的乳汁养育了你
赐予你高贵的生命和灵魂

散文卷

“雄关漫道真如铁，而今迈步从头越。”今年是新中国成立70周年，在这样的一个新起点，我们回望过去，展望未来。在习总书记提出的“不忘初心，牢记使命”的感召下，我深深感受到自己肩上责任重大，更感到使命的光荣，也更加坚定了自己的决心：站稳立场，廉洁奉公，坚守岗位，任劳任怨，在新时代征程中砥砺前行，激扬青春敢作为，搏击建功新篇章，争做新一代时代楷模！

——《我的监狱人民警察梦》/刘　晋

■邱　煦

我的中国梦

年年岁岁花相似，岁岁年年人不同。在和四川监狱一起成长的岁月中，我目睹了四川监狱40多年的沧桑巨变，作为一名监狱工作者，也把自己融进了四川监狱的发展之中。在用自己的方式帮助无数罪犯改造，让他们迷途知返的同时，也为四川监狱事业的发展竭尽自己的一份绵薄之力。

20世纪50年代，根据毛泽东“三个为了”的方针，在时任西南局第一书记邓小平同志的亲自批准和西南公安部的具体筹划下，来自机关、部队、学校、农村的大批青年怀着“越是艰苦越光荣”的信念，组建起新中国第一代监狱警察队伍。他们徒步押解罪犯，和罪犯一起露宿，一起开荒建房。为了保障矿场、农场的正常运行和罪犯的改造，将士们黑夜白天两班倒，就在荒山野岭中开拓出新中国监狱的希望，真的是“冰天雪地斗严寒，迎难而上为国家”。他们这一代人用自己的方式创造了一个时代，并把自己永远留在了那个时代，而当这个时代被压缩成了一张张泛黄的照片，被夹进历史的册页中时，他们也同那个时代一起被历史永远定格。

21世纪初，全省监狱布局大调整，偏远地区的监狱逐步搬至大中城市和铁路沿线。全省监狱响应号召，陆续将监狱从山上搬到山下，从偏远山区搬到了城市郊区，从低矮平房搬进了现代化楼房。现代化的监狱可谓戒备森严，高墙、电网、岗亭、电子门锁、禁闭室、监控探头一样不少，毫不含糊。这样的高投入也换来了监狱工作的新局面。现在的罪犯逃脱率、自杀率都明显低于监狱搬迁之前。规范化、制度化、精细化，以教育说服为主的管理模式改变了过去的落后观念，罪犯的改造得到了保障，监狱民警的工作、安全也得到了保障。

监狱工作也许在外人看来是神秘的，会让人产生那么一丝好奇，实际上监狱工作是枯燥的、乏味的，大部分时间是重复做着某一件事情。年年岁岁，岁岁年年未曾改变，目的只有一个——让罪犯改过自新，回归社会。当监狱从山上搬到山下，从山区搬到城郊，社会的快速发展不可否认地刺激着我们监狱工作者的神经，但监狱工作是神圣的，是法律威严最直接的体现，是什么让我们一代又一代的监狱工作者甘愿放弃更加优越的生活，甘愿为之付出自己宝贵的青春？一代又一代的前辈、先烈们用行动，用鲜血，甚至用生命告诉我们，是因为我们头顶上的警徽所代表的国家尊严神圣不可侵犯，是因为我们肩负着法律赋予我们的神圣使命，是因为广大的人民群众对我们的殷切期盼。

虽然老一代的监狱工作者的工作和生活方式已经渐行渐远，但他们的精神却永远存在，激励着新一代监狱工作者继续奋斗。时代在变化，社会在发展，监狱工作也迎来了新的变革。过去的经验已经不再适应当前新形势下的改造格局，老的观念更是成为束缚我们前进步伐的桎梏。我们不能在前任的功劳簿上止步不前，开拓创新才是我们继承优良传统的正确选择。作为新一代的人民警察，我们应该拥有法规意识，加强自我学习，用法治的观念，用公平公正的国家司法理念来影响众多的罪犯，并树立危机意识，牢记先烈，不忘初心，砥砺前行。

在“习近平新时代中国特色社会主义”旗帜下的我们，既要发扬先辈的优良传统，又要用我们手中掌握的更全面的法律制度，更科学的管理模式以及更先进的科技手段，打造出一个属于我们这一代监狱工作者的符合社会发展客观规律的新格局。唯有如此，我们才能向前辈、先烈们交出让他们满意的答卷；唯有如此，我们才能向社会，向人民群众交出让他们满意的答卷；唯有如此，我们才能向所有为建设“法治中国”而付出的奉献者们交上让他们满意的答卷；唯有如此，我们才能无悔于我们自己的青春年华。这就是我，一个普通监狱民警的梦，我的——中国梦。

■杨　政

信　仰

翻过业拉山口，便是318国道著名的险关之一，九十九道拐。

九十九道拐，或说105道拐，从业拉山口至怒江河谷高差约两千米，从山顶下行，几乎垂直下降至河谷。要依据山势，重复九十九次180°“之”字形拐弯，以最大限度减小下降的坡度，其危险程度可想而知。

途中不时有失事汽车被摆放于路旁显眼位置，以警示来往车辆小心，再小心，一失足便万劫不复。

现在的九十九道拐已了无往年的惊险，路面已全部铺成了柏油路，其危险程度大大降低。但从这里下坡的大货车，刹车时散发的阵阵胶臭和一阵紧似一阵的催命似的喇叭声响，仍让人心惊胆战。

当年修建怒江大桥，在浇筑混凝土桥墩时，一位战士不幸跌入十几米深的混凝土模型内，瞬间便没了声息。旁边的战友目睹这一幕，大声呼喊着战友的名字，悲不自胜。为了抢进度，赶时间，连长抹干眼泪，悲痛传令：继续浇筑……

历经六十年风雨，至今，那座桥墩依然静静地矗立在那里，成为一座丰碑。

怒江峡谷壁立千仞，怪石嶙峋，属典型的亚热带干热河谷气候，降水量远小于蒸发量。山上寸草不生，河谷地带则顽强地生长着杨树和青稞。

山顶的五彩经幡随风而动，不断地向神灵传送着人们美好的诉求。

峡谷最窄处不过五十米，一旁是湍急的怒江水，一旁是一线天的怒江天堑。

“黄鹤之飞尚不得过，猿猱欲度愁攀援。”李白如曾到此，不知道又该发出怎样的“噫吁嚱”来！到底是“蜀道难”还是“藏道难”，我们皆不得而知。在如此恶劣的条件下，解放军战士愣是用最原始的铁锹、二锤，肩挑人扛，仅仅用了一年时间便开凿出了这条通天之路！

川藏公路全长两千多公里，修通川藏公路，三千余名解放军官兵永远长眠在雪域高原！

“青山处处埋忠骨，何须马革裹尸还。”正是他们舍生忘死，革命理想高于天的大无畏精神和豪迈气概，在这极端条件下创造了人类历史上这一伟大奇迹！

从谷底抬眼望去，湛蓝的天空清澈干净，使人心旷神怡。偶有雄鹰盘旋于河谷与蓝天之间，借助于河谷上升气流，无须振翅，便可扶摇直上，自由翱翔！

天那么蓝，那么近。

德国哲学家康德说：“这个世界上有两样东西亘古不变，一个是我们头上的日月星辰，一个是每个人心底高贵的信仰。”

看到一位外国学者的研究报告，他在评论什么是信仰的时候，分析了四大文明古国的历史和现状。除中国外，其他三大文明古国均已不复存在，存在的只是在其名称上加上一个“古”字，古巴比伦、古印度或者古埃及，现在仅是具有象征意义的地理标志和历史范畴而已。而文明传承至今的只有中国，延绵五千年，生生不息，从未断续。除了服饰，语言、文字几无改变。而古埃及文字、古印度文字以及两河文明璀璨的楔形文字，均已消失在历史的长河里。

什么是信仰？信仰是根植于一个民族骨子深处的文明传承。

“和而不同，美美与共”，相互包容，相互尊重的哲学思想则很好地诠释了中华民族引领世界数千年的文化真谛。

中国传承五千年的文明已深入骨髓！危难时刻中国人民总会拧成一股绳，汇聚一口真气去面对困难和挑战。极限的制裁、打压，没有困住我们，反而激起了我们民族高昂的斗志，众志成城，奋发图强！

历史告诉我们，靠别人的肩膀，关键时刻，他总会闪你一个踉跄，让你跪拜在其脚下！

什么是信仰？信仰是人们对坚定信念的执守。

1965 年苏联撕毁合同，撤走专家时，撂下一句狠话：中国人五个人穿一条裤子，永远也别想搞出原子弹来。当时无数留学海外，已成就斐然的科学家，毅然放弃现在看来依旧丰厚的待遇，回到自己当时千疮百孔的祖国，隐姓埋名数十年，置生死于度外，在极端艰苦，被国外经济、技术严密封锁和孤立的条件下，用了比英、美、法、苏更短的时间成功爆炸了原子弹和氢弹，而且“于敏构型”至今仍未被超越。

现在，我们仍享受着原子弹、氢弹成功爆炸带来的红利。

“没有国，哪有家。”

这便是信仰，这便是信仰的力量！

玉麦一家三代，在人迹罕至的雪山深处，自给自足，在几近原始的状态下为国戍边五十年！父亲桑杰曲巴说，是共产党让我从“牲口”[①]变成了人，是共产党给了我土地，给了我工具，让我可以站直了身子说话！面对印军的威逼利诱，卓嘎、央宗两姐妹说得好：这里只要有人在，有牦牛在，这里就是中国的国土！

“家是玉麦，国是中国！”

这便是信仰，这便是信仰的力量！

人信则立，国信则强。

注：①“牲口”，西藏奴隶制度的产物，农奴主把农奴称作会说话的牲口，农奴是不能直视农奴主的，否则将被挖去眼睛。

■余智明

“第一次”的见证（外一篇）

无限风光在险峰——唯有脚步走过，才能亲历见证。

第一次对“外劳点”的检查，是到狱政科不久的事。三四月的一天上午，我正在整理资料，分管改造工作的副监狱长进来，对科长说：走，我们去看一下外劳点的秩序。小余，你也一起去。我赶忙站起，一边答应，一边收拾好手中的资料，拿起笔记本和笔。

那时，改革开放步子正在加大，社会主义市场经济刚刚推行，受国家对监狱的生产补贴取消、财政经费保障不到位等因素制约，各监狱都无一例外地“组织”罪犯到狱外劳动。相对固定的罪犯劳动地点，就称为“外劳点”，有的短刑犯监狱有近一半的罪犯都是每天早出晚归，在城市周边参加劳动。这一个上午我陪着领导检查了4个外劳点，印象最深的是在其中一个外劳点的所见：30多个罪犯分散在方圆几百米的4个劳动点上，周围立几根木桩，牵几根塑料线就拉起了警戒。因为劳动任务是给浇筑桥墩打地基，要把泥土从十多米深的地下运上来，罪犯个个都是一身灰尘和泥土，蓬头垢面或如乞丐。五六个民警头戴草帽，坐在树荫下脏兮兮的塑料凳子上，守住几个视野空旷的隘口，第一眼看到炎炎烈日下的这些民警，我脑海中浮现的是电影里游击队队员和武工队队员的艺术造型。现在回想起来，心中依然五味杂陈。

后来，我又陆续参加了几次检查，慢慢明白过来——在当时民警工资都不能保障的情况下，监狱给外劳点几乎只有两项硬指标，一是多挣钱，二是不逃跑，工作人员并不怎么把严格执法规范管理放在心上。或许正是如此，就有了我的另一个第一次。

在20世纪八九十年代，监狱有罪犯逃跑不是什么新闻，甚至上不了报纸和电视，因为只要不突破规定的脱逃指标就不会有影响。所以，即便是关押重刑犯的监狱，脱逃也偶有发生。而这一次罪犯脱逃事件，自是与众不同：一是在外劳点脱逃的，二是监狱已经对该犯上报了减刑材料，三是该犯是民警“信得过”的“监督岗”。

案发后，我和科内的同事一起查档案，拟写和印制协查通报，冲洗和发放罪犯照片，统计各点各组出警人员，做好各类信息和线索记录……到晚上 10 点，科长见追捕工作有序推进，就叫上我和另外一个民警到几个追捕网点看看。那夜月明星稀，警车驶过熟悉的小街，各门店和住户大都熄灯歇息，只有街头巷尾的两三处灯亮着，几个人围着下棋乘凉，守着最后的希望。科长把平时挂在腰上的 BP 机握在手心，一路上不停地看，生怕有什么信息错过，遗憾的是一次都没响过。

每到一处，科长都详细询问追捕民警和武警战士对过往车辆及行人的检查情况，对周边群众的发动情况，以及后勤需求保障情况，详细交代一些安全事项，积极鼓舞士气，收集有价值的线索。凌晨 1 点，我们返回，街口店铺早已人散灯熄，只有行道树丛旁路灯隐隐在街上泄出坚毅的光影，恰如这宁静夜晚背后的一双双警惕的眼睛。第二天早上，外出的追捕组传回了捷报。

这就是我的第一次追捕——没有翻山越岭的追击，没有风餐露宿的坚守，没有惊心动魄的战斗，没有你死我活的较量，但战友们团结协作，奋勇争先取得的最终胜利依然带来节庆般的喜悦，至今使我始终铭记在心。

改革东风劲吹，时间如一江春水滚滚东流，在波峰与波谷的起伏跌宕中我们享受激情的汹涌，采撷生活的浪花。四川监狱事业经历苦难辉煌，不仅成功迁建和改扩建监狱 30 余所，把最高峰时的 200 余个外劳点罪犯全部收监改造，而且实现 2009 年以来再无一名罪犯逃脱出监狱大门的目标，顺利实现“5·12”汶川大地震和“4·20”雅安地震灾后重建，12 年持续推进罪犯离监探亲 4500 余人无一例外地安全返监改造……锦江春色来天地，玉垒浮云变古今。60 多年砥砺前行，40 年来改革创新，四川监狱人终于突出重围，破茧成蝶，焕发独具特色的生机。我也有幸收获了崭新的“第一次”。

2018 年 1 月 22 日下午，在新华宾馆 2 楼会议室，省质监局局长罗凉清宣读《监狱管理规范》地方标准发布公告并讲话。刘志诚局长就全省监狱学习宣传与深入贯彻《监狱管理规范》地方标准进行部署。第一次捧起《监狱管理规范》地方标准，像捧起初生的婴儿，心中有一种惊喜的感觉。

6 本小册子，页码不多，内容却涵盖监狱管理工作的方方面面，不可谓不厚重；白纸黑字，编印朴实，却折射出四川监狱“上下求索”的改革创新精神；条目清晰、操作具体，使一线监狱民警知晓了罪犯该怎么管、程序该怎么走。不负时代，不畏将来，这是一份答卷、一枚硕果、一种见证！这何尝不是四川监狱和每一个民警的骄傲？

阔步建设新型现代文明监狱的长征路上，迎着每一天的崭新阳光，期待更多更美的“第一次”与高墙下的熠熠警徽相映。

记得的幸福

人一生会遇到和认识很多的人，会经历很多的事，随着时间的推移，这些人和事会像水一样慢慢流走，直到无影无踪。或许某一天，偶尔回头，猛然发现，那些清晰的、隐约的、模糊的记忆恰是闪闪发光的珍珠。

20 世纪 50 年代初期成立的龙日农场位于阿坝境内，平均海拔近 4000 米，占地 7 万多亩，押犯最多时超过 1 万人，在 70 年代中期撤销之前，曾一度是四川最大的劳动改造场所。四川刚解放不久时，农场常有土匪骚扰，在抗击土匪最激烈的两次战斗中共有 6 名民警牺牲。在筹建四川监狱民警传统教育基地的过程中，我们发现档案中只有 2 名烈士的姓名，还有 4 名烈士竟然连姓名都没有记载。为告慰先烈的在天之灵，勉励更多监狱人记得前辈抛头颅洒热血的英雄事迹，省局筹建办的同志跋山涉水多方收集资料，查阅历史档案，逐一采访那些还健在的老人，竭尽全力帮助他们推开尘封了半个多世纪的记忆深处那一道道锈迹斑斑的闸门……

我有幸参加了一个专门为原在龙日农场工作，现已离退休的老同志准备的座谈会。与会老人共 7 人，都在 80 岁左右，一个个头发斑白，腿脚不便，他们口中缓慢说出的话语却如迅疾的闪电划过我的心房。

一个最年轻，刚满 78 岁的长头发老人抢先说：

我记得刚到农场不久的一天下午，我们打完篮球，农场就通知了一些人第二天出差。谁知才过了两天就传来不好的消息，说出去执行任务的解放军战士和我们农场的人在回来的路上中了土匪埋伏，全部牺牲了，至于他们叫什么名字，我就不知道了。

挨着她坐的另一个前辈接过话头，激动地说：对，我记得在事件发生后不久，有一天我碰到两个同事，他们告诉我说，场部本来也安排他们出去的，因为临时有事就留了下来，不然，恐怕也一样牺牲了，这两个人真是幸运！如果能找到这两个人或许就能知道牺牲同志的姓名。

其他老人也打开了记忆的闸门——

一个瘦高个头的老前辈清了清嗓子，以愧疚的语气说道：记得我们农场共发生了两起死人事件，第一次先牺牲了两个战友，第二次牺牲了四个，其中一个好像是个翻译，姓丁，只是时间太久，姓名我就不记得了。

那个年岁最大，最先到农场工作的老人接话说：记得农场成立的第二年，大丰收，中央和省里专门派出工作组来慰问，发的慰问笔记本我至今还保存着，舍不得用。但是，下一年，农场遭到特大霜雪袭击，庄稼几乎颗粒无收，电线也被霜雪压断了，农场派人去维修，维修人员是在回来的路上牺牲的，听说还是两个身穿囚服的罪犯爬回农场报的信呢。

一个一直在场部做后勤工作的老人发言说：我记得那时农场的天气非常恶劣，除了五、六、七月，其他月份都是雨雪交加，最冷时达到零下 40 摄氏度。我们洗衣服必须烧两桶热水挑到河边，先用扁担砸烂冰层取水，再加上部分热水才能洗衣，否则，水一舀到盆里就结成了冰，洗好的衣服还不能折，一折可能就断了。冬天去拉铁门把，如果手上有水，手上的皮子就会拉掉一层。那时的路杂草丛生，只能骑马外出。土匪杀了我们的人，还把物资和马都抢走。牺牲的人中有一个同志为了不让土匪把枪抢走，在牺牲前是把枪都砸烂了的，叫什么名字我不知道。

一个参加工作就一直在农场最基层的老人接着说：我记得在场部召开了隆重的追悼会，每个中队长都参加了，我们当时的中队长退休后，现住在都江堰，可以去问问他是否记得那些牺牲同志的名字。

先前已发言的瘦高个子老人再次说：对了，我记得这几个牺牲的同志是去维修农场线路的，去问问农场通讯班健在的同志，他们应该还记得牺牲战友的名字。

以前在场部工作的老人也激动地举手说：是，是，是！我记得通讯班有一个姓王的同志退休后住在大邑县，最近好像在医院，方便时去问问，应该就知道了。

一个老前辈因为年迈，耳朵已经听不见了，其他的老人想见见他，所以也把他请到了会场。他一直靠在椅子上，从头至尾没有说一句话，只是偶尔抬手缓缓端起面前的茶杯喝一口水，目光偶尔扫过面前的人，那些美好的、辛酸的、惊险的如梦往事，不知他是否还记得……

座谈结束，我们搀扶这些老前辈返回。泪眼蒙眬中，那一个个颤颤巍巍的背影，恰如被秋风吹拂的高墙上的一面面猎猎旗帜！

人生恰似一本书，一页一页翻过去，翻过的日渐模糊，前面的尚属未知，眼下的也不一定清晰，真正记得的又有几页？可无论我们记得谁，或是被谁记得，何尝不是一种幸福！

■刘　晋

我的监狱人民警察梦

八年前的仲夏，我幸运地考进了监狱系统，成为四川监管战线的一员。当我第一次踏进监狱的时候，崭新的办公楼，花园般的环境让我兴奋不已，热血游走全身，虽然高高的围墙，密密麻麻的电网显得那么的格格不入，但新鲜感、神圣感还是占据了我的心房！

“鸟儿要高飞，必须有坚硬的翅膀；花儿要绽放，必须吸收充足的养料。”作为当年入警的“新兵”，在新鲜感和神秘感的引领下，我坚信，只要虚心学习，努力进取，勇于实践，服从大局，一定会在新的工作岗位上，在崇高的监狱事业里，实现自己的人生价值。

然而，随着时间的推移，新鲜和兴奋逐渐褪去，监狱的神秘和神圣早已不在，取而代之的是监管医疗的枯燥、重复，甚至烦琐。特别是那一个个迷失的魂灵，那一双双不怀好意的眼睛，让我有些不适应，开始困惑起来，甚至开始怀疑自己最初的选择。整个人被烦躁不安的情绪占据着，天天面对那一群失去自由的人异样的眼光，我有些失落、有些迷惘，同时高强度的监管医疗工作让我有些畏缩、倦怠，工作起来，有些敷衍，得过且过，天空仿佛变了色彩。

这一切，被快退休的老前辈张筱平“张三哥”看在了眼里。一次值班期间偶然的谈话，话题聊到了从前的监狱，他告诉我，监狱以前都是一排排低矮的房舍，设施简陋，环境恶劣。但他们那群年轻人，不愿服输，带着罪犯，在荒山上刨地种菜，修房建屋，还要教育、改造和感化罪犯。他说得滔滔不绝，“甚至连工资，都成问题，但是，我们都坚持了下来。或许，就是那种理想和信念，让我们走到了现在。”他说着说着，眼里渐渐地泛起了泪花。我听得目瞪口呆，甚至不知所措，突然感到自己悟到了些什么，但究竟是什么，我也说不清。

直到有一天，我站在四川监狱博物馆的展览室里，看着眼前的那一张张旧照片：监狱最初的建筑照片、民警的工作照片、民警文体活动照片、民警在烈日下劳动的照片、民警送走刑满释放人员后的照片和民警授功表彰时的照片。我眼前仿佛出现一群监狱人民警察爬深山、走谷地，在荒芜的土地上时而挥汗如雨，时而欢歌笑语的画面……突然间，我仿佛明白了什么，是呀，他们挥洒了青春，耐住了清贫，熬住了寂寞，风里雨里，无怨无悔地奋战在这默默无闻的岗位上，在自己所处的时代条件下谋划人生、创造历史，奏响了青春之歌，给社会带来一片祥和，给一个个曾经破碎的家庭，带来欢声笑语，带来希望，他们是时代的楷模，人生的价值莫不体现于此。

我再次想到了“张三哥”的话，“或许，就是那种理想和信念，让我们走到了现在。”是啊，理想和信念，能使我们为之奋斗的东西，叫作理想，而实现理想所必需的东西，却是信念，正是这种理想和信念，让以“张三哥”为代表的一代监狱民警走到了今天。他们是榜样、是镜子，折射的是我希望自己成为的模样；是陪伴，共同成长，各自精彩；是力量，给予我面对生活的希望与勇气；是意义，带领我成为更好的自己。

从此以后，当我再次站在监管医疗岗位上的时候，脑海里总会时不时闪现那些照片，我的心不再浮躁不安了，我有了一颗执着的平常心。我会认真地做好自己手里的工作。每每知道罪犯出狱后，他们在外过着安稳和舒适的生活，有一个温馨甜蜜的家，对从前犯罪感到悔恨，对在监狱服刑时的民警感谢和感恩，我的内心更有了成就感和职业认同感，因为我知道，这个社会，又多了一个美好的家庭，我们又为社会增加了一分安宁和祥和，内心也就更加的充实，自信随之而来。

时光荏苒，白驹过隙，一晃，八年就过去了，如今的自己已然是一名成熟的青年监狱人民警察了。时代巨变，追逐梦想的初心没有改变；历史沧桑，扎根内心的使命未敢忘怀。“志存高远、德才并重、情理兼修、勇于开拓”，这是习近平总书记对我们新时代青年的人生寄语，也是我要努力达到的彼岸。作为一名基层民警，当把初心和使命化作工作的目标和动力，奋力谱写无悔于时代的壮丽青春篇章。

“以青春之我，创建青春之家庭，青春之国家，青春之民族，青春之人类，青春之地球，青春之宇宙，资以乐其无涯之生。”百年前的青年曾经在救亡图存、振兴中华的历史洪流中谱写过一曲感天动地的青春“五四”乐章。一个世纪后，在蓬勃向前的实现中华民族伟大复兴的时代浪潮中，作为今日之青年，我应该坚定自己的理想和信念，做走在时代前列的奋进者，勇立潮头的开拓者，让青春在监狱工作中飞扬！

“雄关漫道真如铁，而今迈步从头越。”今年是新中国成立70周年，在这样的一个新起点，我们回望过去，展望未来。在习总书记提出的“不忘初心，牢记使命”的感召下，我深深感受到自己肩上责任重大，更感到使命的光荣，也更加坚定了自己的决心：站稳立场，廉洁奉公，坚守岗位，任劳任怨，在新时代征程中砥砺前行，激扬青春敢作为，搏击建功新篇章，争做新一代时代楷模！

■贾茂清

致那无处安放的青春

面对“梦想”这样一个亲切而又宏大的命题，我不知道怎样来向您传达我心中所想。

只是每当“中国梦”这三个字在耳边响起，我的脑海里总会毫无来由，却又无法左右地浮现一个画面：那是在被远山裁切的夕阳下，在漫山的茶园里。一个穿着绿色中山装警服和解放黄胶鞋，鬓角挂着汗珠，手里拿着锄头在劳作的警察身影。这应该是一个所有雷马屏人都熟悉的场景。是啊！这就是老雷马屏、老雷马屏人和老雷马屏生活的一个经典写照。所以，我常常想起在我们最后搬离老基地时，一个前辈写下的一首诗，其中几句大概是这样说的：不要说你已经完全忘却了这方山水，对此已不再留念！那轻轻流淌的西宁河水，也许在不经意间就悄悄地流进了您的梦……是啊，真的能挥一挥衣袖，不带走一片云彩，忘得那么干净，离开得那么潇洒吗？不能，即便是所谓的像我这样的新雷马屏人，雷马屏几个字在我心里的分量也绝不仅仅是提在手上的那七斤八两。因为我也常常会为想起雷马屏陵园大门上那句“青山处处埋忠骨，何须马革裹尸还”的楹联而心情沉重，忍不住流泪！

为什么要说这些，为什么？因为，我总在想，反复地想，那些长眠在此的先辈心中是否也会像我们今天这样患得患失，牢骚满腹，贬低自身，嫌弃这份工作，内心不宁，心无归处？他们的心中是否也有一个梦，一个监狱人的梦，一个属于他们自己的中国梦！

答案是：不，有！他们绝不会在得与失之间徘徊，绝不会嫌弃这份工作继而贬低自身，绝不会内心不宁、心无归处。他们的心里绝对有一个梦，一个全天下监狱人的梦，一个属于他们的中国梦。只要你看看那漫山的茶园，看看那蜿蜒曲折却又平坦坚实的进山公路，想想他们那粗糙而坚实的手和平静而坚毅的脸，你就能知道答案。否则，何以解释他们徒步押犯千余里，筚路蓝缕，在不毛之地白手兴监？何以解释他们以年轻的胸膛无畏地迎上那平叛自卫的子弹？何以解释他们虽文化水平不高却指挥若定、所向披靡又能铸剑为犁，将教育改造工作做得那么好？何以解释他们那一生坚守和无私的奉献？

所以，如果真的要有一个梦，我希望这个梦能够穿越六十年，让我可以以一个同龄人的姿态和心态同那些倒在自卫兴监道路上的前辈说说话。我想告诉他们：你们所守卫的这方土地，已经在仙山脚下、沫水之滨奠基！你们所辛勤耕耘的这方山水，已在新雷马屏的花圃中姹紫嫣红！那潺潺的西宁河水将永远流淌在每一个雷马屏人的心里！那微微荡漾的马湖波浪每一晚都在轻轻拍打着我们的梦……

如果真的要有一个梦，我想大声地告诉后来人，花儿如果不是为了美，那么一片万紫千红是为了谁？监狱人如果不是为了监狱工作而美，那么满腔的热情又奈何为？监狱这个平台也许很小，但是监狱工作这个平台却很大很大，这同样是一个必须要我们发挥所有聪明才智并为之奋斗一生的特殊的教育事业。不能认清这一点，我们就还会为得失所累，为优劣所扰，永远都会在一种“过客”的心态里彷徨。所以，找到那份属于自己的归属感吧！此心安处即为家！

如果真的要有一个梦，那我的这个梦一定是踩着先辈的足迹，在这个个性张扬，大有可为的时代里，在上级和监狱党委无比坚强的领导下，向着“一三五”目标的实现勇往直前、奋勇前进！在也许、可以、大概、想要、必须、能够的时候，可以闭上眼、深呼吸，然后从内心深处自然地说一声：我无悔，我是共和国监狱人民警察中的一个兵！

■张永林

肩负历史的荣光前行

“夫监狱者，人民民主专政之利器……”读着何开四先生作的《四川监狱赋》走进四川监狱博物馆，望着那一幅幅记录着峥嵘岁月的老照片、一件件刻画着历史沧桑的老物件，记忆里那些有关四川监狱的历史碎片渐渐串连成清晰的影像，浓墨重彩，历久弥新。

“筚路蓝缕，白手兴业，画地为牢，以防为圉……”这是对四川监狱建设初期的真实写照。学生时代，在老师们无数次的讲述中知道了年轻的龙日农场、雷马屏农场既要组织罪犯生产劳动，还要进行思想改造，更要抵御狱外土匪对红色政权的袭击，为此付出了血的代价。在博物馆庄重的墙上，我们终于亲眼见到了那些倒在土匪枪口下的烈士的照片，他们用年轻的生命捍卫了农场的安全，长眠在巴山蜀水间，音容笑貌仿佛就在身边。随着国家政权的巩固，一座座煤矿、铅锌矿、石棉矿，一家家机床厂、汽车配件厂、离合器厂，一个个茶场、果场、园艺场……如繁星般镶嵌在巴蜀大地上，闪耀着夺目的光芒。数以十万计的罪犯在这里洗心革面，把刑期当学期，馆里陈列的电风扇、皮鞋、磨床等产品就是他们的手艺，有的产品得到国家领导人的褒奖，无言地诉说着曾经的辉煌。如今，经过布局调整的四川监狱焕发出新的生机，监狱都搬到城市周边，全部退出高危行业，民警工作、罪犯改造环境都发生了巨大变化。在罪犯作品陈列室里陈列的诗集、书画作品、手工艺品更彰显出现代文化监狱的内涵，铭刻着他们学到一技之长成为“合格产品”、融入社会的坚实足迹。

在博物馆里，我出乎意料地遇见了20年前的旧相识——一幅占据了一面墙的民警练兵图！图中的男女民警排成扇形，身着橄榄色警服，腰扎武装带，飒飒英气扑面而来。当年与它相识就被它独具匠心的构图、英武逼人的气势所吸引，以至于20年后还记忆犹新。可是，我已调离那从小长大的监狱整整十年了，望着它，不禁想起那些年大家共事的情景，质朴纯真，莫名地一股暖流在心中悄悄流淌。十年了，有些大哥大姐已退休了吧？而监狱，也因为就地改扩建，将陈旧的监舍、厂房全部拆除修建一新。世事变幻，如今在百里之外与它邂逅，唯有轻轻地问一句：你们，好吗？

让我眼眶发热的是陈列的警服变迁。公安蓝！久违的公安蓝！！少年时代，谁家孩子要是穿上一身父母的公安蓝，再挎上一只军用挎包，那神气绝不亚于“文革”时期的大院子弟。于是，青春飞扬的我们就在众多地方学生的羡慕中尽情地挥洒着骄傲与自豪。参加工作后，我经历了橄榄色、藏蓝色的变换。记得要换装藏蓝时，传言甚多，什么像香港警察那样的制服颜色呀、衣服品种多样呀等等，让人好生期待。通过这一次换装，我第一次认识了多功能服、作训服、执勤服，多种多样，功能齐全，大家的渴望一一成为现实。哦，还有警衔，我首次被授衔从三级警司开始，到现在已是一级警督，匆匆走过20年的时光，从青春年少走到了两鬓如霜。

馆里二楼，一个个创业者血红的手模让人震撼！前年，我有幸参与了创业者的手模采集，那一张张饱经风霜的脸庞，一双双青筋纵横的大手，让人想起监狱创业初期的艰辛。他们兢兢业业从事监狱工作一生，把最美好的年华奉献给了监狱事业，见证了监狱事业的艰难创业与辉煌发展。手模采集后，他们在采集纸上虔诚地写下“感谢党、感谢毛主席！”握笔的手已经颤抖，写下的字已不再遒劲，可信仰却在心中牢牢扎根！

回望博物馆，一句诗在耳边响起：苔花如米小，也学牡丹开！在新中国数十万监狱民警中，我们只是一朵朵平凡而又普通的苔花，也许一生没有丰功伟绩，没有腰缠万贯，但我们的生命却也像牡丹一样绽放出了灿烂与尊贵！让我们在父辈的热望中、在历史的荣光中奋力前行，不负时代，不惧未来，用忠诚、干净、担当书写四川监狱新的篇章！

■牛　津

石榴花盛放的季节

夏至未至，气温已悄然上升，漫步狱园，看见园中一棵石榴树已绿意盎然，鲜花满枝，一种莫名的激动在心中升起。这棵石榴树的来历有些特殊，是同事们在监狱搬迁时，从板房外特意移栽过来的，如今已是枝繁叶茂，呈现出勃勃生机。

四年多了，回想当初离开板房监狱时，大家心情特别复杂，既有苦尽甘来对即将修建新监狱、开拓新世界的兴奋和憧憬，也有对曾经生活战斗了多年的地方依依惜别的不舍。临出发前，同事们商量着将生长在板房走廊外的一棵小石榴树挖起来，一路上细心呵护，移栽到了这个陌生却充满着无限遐想的新天地。时过四年，在同事们的精心浇灌和培育下，这棵小树苗已经生根、发芽、开花、结果。一朵朵盛开的石榴花似乎在证明着自己来自贫瘠土地中的强大生命力，一颗颗石榴似乎在展示着自己在全新沃土上获取的丰收和喜悦。

这颗石榴树宛如初升的太阳，朝气蓬勃地生长，把我又拉回到那段曾经充实忙碌，挥洒激情和汗水的青春岁月：板房、篮球场、AB 门，队列行进的口号声，整齐划一的脚步声，拔河比赛的呐喊声，声声入耳，永久回荡。那充满生机与活力的场所，让现在的我回忆起来都有一股热血喷涌、心跳加速的感觉。为顺应布局调整的统一安排部署，也为有一个更好的工作环境，我们离开了工作、生活多年的地方，搬到了一个过渡性的办公场所，在陌生而又新鲜的土地上二次创业。当时的心情，真有毛主席当年所说的“进京赶考”的感觉。

一切都与过去的经历迥然不同。初来乍到的新鲜和激动过去后，一只又一只的“拦路虎”便摆在了我们的面前：陌生的工作环境，不一样的工作内容，全新的工作理念，更高的工作要求，是我们要面对的新挑战，也是大家必须要翻越的“大山”，更是人家的神圣使命。使命，让我们必须具有别具“匠心”的工匠精神，得有对工作精雕细刻、精益求精的精神理念。我们必须逆流而上，在困境中凝心聚力，干一行、钻一行、会一行、懂一行；踏实不浮躁，严谨不懒散，务实不务虚，勇于攻坚克难，踏踏实实地培育出我们新源人的“工匠精神”。

我时常怀念那些在AB门前进进出出的日子，怀念那些挥洒青春和汗水的岁月。新源人的“艰辛与坚守”不断给我以鼓舞，让我有“任世事无端变幻，我心自有云白山青”的笃定。那是一种成竹在胸的感觉，是千帆过尽，心自澄明的境界。在四川监狱，民警的故事平淡悠长。年复一年地坚守，日复一日地维护一方平安，如清晨的露珠，虽然微不足道，却努力地反射着初阳的光芒。也许有些人永远不知道我们的价值，永远叫不出我们的名字，但我们在城市的某个角落，立足本职，坚守平凡岗位，守护着人民的安定。

想着不久的将来，在东郊的土地上，这里将矗立一栋栋大楼，整洁明亮，一排排车间，高效繁忙，园内到处浸润着浓厚的文化氛围；嘹亮的歌声、高亢有力的口令声再次在上空回荡……这一切就如这朵含苞怒放的石榴花，充满着无限的生机与希望，即便道路曲折，我们依然信心百倍。正像那棵石榴树苗，当初移栽时它或许也有憧憬，也有忐忑，到了新天地，是否会水土不服，是否能健康成长？可四年来，这棵石榴树已是绿意盎然，硕果累累，用自己的勃勃生机证明了在这片天地的崭新作为。而我们的事业正像这棵石榴树，在经历了全新环境的历练和洗礼后，已将自己的根深深地扎在了这块充满希望与活力的土地上，每一位战友，就像一颗颗紧紧拥抱在一起的石榴籽，团结一心，厚积薄发，酝酿着累累硕果的丰收年。

又一个石榴花开的时节，满眼盎然的绿，装点这朵朵的火花，点燃跃动的节拍。那是一份记忆，深深地烙在心房，点缀着初夏浪漫的空间；那是一份情感，投射出质朴的气息，期待着秋实丰硕一片。那曾经的每一个节点，涌动起对未来的燃烧烈焰，用火红的激情演绎着使命与坚守。

■王　垒

誓言初心

万家山上有这么一个地方，风光旖旎却断壁残垣，艰难困苦却感慨回忆，望而生畏却充满敬意。在那里，有热血激荡的青春与汗水；在那里，有战天斗地的豪情与坚守；在那里，有忠诚奉献的誓言与初心。

徐家槽——当年万家煤矿最远的中队，是每年崇州监狱进行传统教育必去的地方，作为年轻民警，我有幸参加了一次传统教育。当天，在开往万家山的途中，年轻民警全部斗志昂扬，精神抖擞，准备在前辈们曾经战斗过的地方大展拳脚。可是当队伍正准备出发时，天公不作美，乌云密布，小雨淅沥，但这并不能阻挡一颗颗赤诚前进的心，一支充满热忱朝气的队伍在老民警的指引下浩浩荡荡地出发了。一路上，尽管山路崎岖，泥泞难行，青苔布满石阶，极易摔倒；尽管山上气温骤降，大雨持续，所有人的衣服几乎湿透；尽管路途遥远，从上山到下山共花费五个小时，可坚毅的表情始终挂在所有人的脸上，整个路程没有一个人抱怨，没有一个人退缩。大家互相帮助、相互扶持，欢声笑语以及老万家人忆往昔岁月的谆谆教导充斥在山谷之中，久久回荡。最后到达徐家槽旧址时，身上流淌的已不知是雨水还是汗水，抑或是成功后喜悦的泪水，总之，都挥洒在这一方热土之上。

树林中散落着些许旧址，虽显破败和落寞，却也彰显着曾经的喧嚣。匆匆地赶路，来不及驻足停留，慌忙中，看到岗亭，看到围墙，看到风口，看到房屋，看到树木从墙缝中生长出来，在绝死中复有生机，看到存在与消失在同一个时空里完美呈现。旧址之中，有过兴，有过败，有过热闹，也有过人去城空，一切幻灭之后，才得以成全一段历史的厚重与永恒。韶光易逝，洗去铅华，沉淀下来的是回忆。年轻民警无法感受这份厚重与积累，只能默默地去试探性理解万家精神的内涵，也试着去体会传递的情感。

参观回来，思绪久久不能平复，一幅波澜壮阔的监狱历史画卷始终在脑海中浮现。遗憾的是崇州监狱年轻一代民警错过了从无到有、从小到大的艰苦创业史，庆幸的是老一辈万家人用热血、青春乃至生命奠定了监狱发展坚实的基础。如今，崇州监狱规范化的制度管理、特色化的教育改造就是传统沉淀所带来的辉煌。历史的车轮不会停歇，新一代民警在老基地的宣誓就是神圣的交接仪式，是一次身份的认可，标志着从这一刻开始真正成为光荣的万家人，身上流淌的也必然是万家精神的精髓，这样的精神激励着无数年轻人继往开来地去实现崇州监狱跨越式发展。

我们秉承的是坚忍不拔、艰苦奋斗的优良品质，我们崇尚的是忠诚奉献、开拓创新的万家精神，我们铸就的是崇州监狱未来发展的丰碑！

■李宏伟

“医”路前行

时光如水，岁月如梭。伴随着四川监狱蜿蜒曲折、波澜壮阔的发展历程，作为一名土生土长、子承父业的“监二代”，不经意间已从事监狱医疗卫生工作 26 个年头，曾经的青涩少年也逐渐蜕变成长。

说起来自己的职业还真有那么一点特殊，就是传说中的“警医卫”，这可与历史上担当朝廷鹰犬的“锦衣卫”截然不同。简而言之我就是“警察中的医生，医生中的警察”；通俗来说既是一名救死扶伤的白衣卫士，又是一名使命光荣的人民警察。

时代的车轮在不停地滚动，回首过去，沧海变桑田。儿时的伙伴早已天南海北，求学的同窗已经各奔东西，身边的同事也旧貌换新颜。自己也从一名菜鸟级的低年资医生，逐步成长为能够独当一面的高年资副主任医师；从事的工作也从临床诊疗一线，逐步过渡到医疗管理岗位。细细品味，人文时空在不停地变化，变与不变之间，变是自然、是规律、是常态，不变是执着、是坚守、是信念，是那一份“淡泊以明志，宁静以致远”的追求和“健康所系、性命相托”的初心。

医生是唯一一个能让人将性命交付的职业，能给他人和社会带来一份幸福和安宁，或者说它不仅是一种职业，更是一种敬畏生命的价值体现和人生信仰。还记得，十六年前的一个炎炎夏日，我正在医院值班。忽然，屋外蹒跚行走的一位老太太毫无征兆地摔倒在地，我急忙冲了过去，她呼之不应、面色苍白、四肢湿冷……初步判断是中暑，对症处置后，老太太逐渐恢复了正常。通过交谈才知道，老太太是来探视儿子的，她的儿子在监狱服刑，前两天因为腹痛被送到监狱医院诊治。监区向她告知病情后，由于担心儿子得不到及时治疗，加上心急赶路和天气闷热不知道怎么就晕倒了。说来也巧，正好他的儿子就是我收治的，诊断为“急性阑尾炎”后，入院当天就进行了急诊手术，现在恢复良好，已经可以下床活动了。得知情况后，老太太紧张焦虑的心情才慢慢平复下来。按程序办理手续后，老太太到病房探视了儿子，千叮咛万嘱咐要感恩政府、安心改造，临走前还反复向我和同事表达了谢意。或者是母亲的千里探视和医生的悉心治疗打动了病犯，出院后他更加积极地投入改造，后来通过减刑提前刑满释放，并很快成为家乡的致富能手。凡此种种，使我更加深刻地认识到，监狱医疗卫生工作不仅仅局限于罪犯健康权益的保障，还可以通过诊疗过程中润物无声、潜移默化的人文关怀，在提升教育改造质量、提高劳动改造效率和维护监狱安全稳定等方面发挥积极的影响和独特的作用，这也更加坚定了我从事监狱医疗卫生工作的决心和信念。

弹指一挥间，斗转星移。作为四川监狱抢抓布局调整发展机遇和攻坚破难锐意创新的时代缩影，曾经工作的单位也先后从广元旺苍和雅安芦山，异地整体搬迁到绵阳和成都，实现了从边远到中心、从山区到城市、从艰苦到舒适、从粗放到规范的历史性跨越和超常性发展。监狱的执法环境和标准规范得到根本性变革，民警的职业发展和幸福指数得到根本性改观，罪犯的管理教育和改造保障得到根本性转变，社会的固有观念和误解偏见得到根本性扭转。

监狱医疗卫生事业也迎来了史无前例的发展机遇。彻底告别了过去缺医少药、缺房少床、缺电少水和看病全靠三大件“听诊器、血压计、体温表”的艰苦条件和窘迫环境。监狱的医疗机构设置逐渐规范，监管医疗体系明显优化，医疗设施设备提档升级，医疗队伍建设形成常态，罪犯大病统筹机制创新，医疗经费保障显著好转，全省监狱医疗卫生工作同步整体迈入全国一流方阵。

新时代迎接新挑战，新征程更需新担当。作为四川监狱跨越发展和历史变革的见证者、亲历者、参与者和受益者，我辈更应树牢“病情就是狱情，治疗也是改造”的理念，始终秉承“路漫漫其修远兮，吾将上下而求索”的恒心和“雄关漫道真如铁，而今迈步从头越”的信心，接续奋进，砺志笃行。

耳边时刻回荡着曾经许下的铮铮誓言“我志愿献身医学，热爱祖国，忠于人民，恪守医德……”还记得初次下针的担心、初次查体的小心、初次看病的尽心、初次值班的用心、初次主刀的精心、初次进修的专心，以及直面生死的塞心、收获感谢的暖心和病人康复的开心……

白袍加身，意味着责任在肩；健康所系，意味着性命之托。医者无界，无问东西；初心不忘，伴我前行。

■华长安

乡 思

暮春时节，鄙人因事前往阔别数年的故乡——重庆合川小沔。回单位途中，等弟弟下班一同前往南充。趁有一点闲时，顺便在故乡的场镇上溜达。站在小沔渠江大桥上，儿时无数的记忆涌现，有无限遐想和感悟。

那不是我读小学、初中、高中的学校吗？儿时的玩伴以及同学、老师不时浮现在眼前。望着自己祖辈们在抗战胜利时创建的我的母校——小沔中学，我心潮起伏。记得我们读高中时的沔中很有名，在合川数一数二，在八九十年代沔中能考上大、中专的学生占全合川的三分之一。想想这些年，大学不断扩招，而考上重本的才两三人，心里不免要问：沔中怎么了？

很是失落。城镇化使大部分农村人进了城镇，过去一个生产队一百二十多人，现在三个生产队合并为一个村民小组才近百人，光秃秃的山坡、沟壑变成了绿水青山，田间地里长满了绿油油的庄稼，勤劳的村民们脱贫致富过上了小康生活。孩子们也跟着父辈进了城镇，读上了更好的学校，享受着更加优质的教育。

渠江砂石资源十分丰富。记得读初中时，寒暑假、周末和放学后经常跟父老乡亲以及同学一起去渠江河边挑砂挣钱。挑砂先要乘砂船过河对岸的砂坝去上砂。砂石上满船后，人砂混装过河，然后用人力挑到两公里多的码头上装车，再运往各个建筑工地。挑一百斤一毛钱。由于人砂混装，安全事故时有发生。随着科技的发展现在有了吸砂船，伴随着小正大件路渠江大桥的贯通，现在河沙直接装车，节省了大量的人力物力，排除了安全隐患。

经济在发展，古村落在消失，现代建筑拔地而起。故乡小沔以前是除合川城关镇以外的最大场镇，素有“小沔不小，大沔不大”的美誉。因背靠渠江，小沔在交通不够发达的年代是渠江著名的煤码头，华蓥山的煤通过此地远销川内外，那时的小沔真是商贾云集，热闹非凡。而今的小沔因合川花滩水电站的修建，属于水淹区。小沔老街已不复存在，熟悉的老拱桥、木桥、杨老爷桥早已沉入江底。儿时本地有名的老中医外祖父给人看病的地方已被拆迁，只能在梦中浮现。太祖辈修了一年多的大院子——雨春庄，因大部分人进城务工以及往城镇迁徙，现在已是残垣断壁，早已被掩映在长江上游水土保持的绿色生态屏障中。以前古朴典雅的古街道、古院落正在消失，取而代之的是一排排整齐的现代建筑以及有诊所、图书馆的新农村。

经济的飞速发展，使乡民们过上了小康生活。因花滩水电站、双槐火电站的修建，旅游经济迅猛发展，农村日新月异。过去的小沔八景大部分已不复存在，新的旅游项目不断兴建，乡民们享受着改革开放的成果。因渝广、合广高速公路的修建，渠江夜渡、滴水飞瀑、虎头雄风、古树倒影等早已不见踪影。故乡利用当地的自然资源大力发展新的旅游项目。随着合川花滩水电站建设，渠江水位上涨，建起了从全国十大古镇之一涞滩到小沔的水上漂流区、湿地公园、玻璃栈道，不断迎接着八方来客。

经济在发展，时空距离在缩短。我站在大桥上用手机不停地拍摄着故乡的美景。从读大学开始就离开故乡，至今已有30余年，高中同学多年不见。我边拍摄边用微信向高中同学群发送着故乡的图片，分享着家乡的巨变。有好多同学都在外地，在北京、上海、云南等地的同学不停地叫我照这拍那。想想读高中那个年代，好多人听都没有听说过手机，更谈不上QQ以及微信，在手机上视频更无法想象，要想看照片至少得用写信的方式通过邮局寄送，十天半月才收到是常事。高科技的迅猛发展在不停地改变着我们的生活。

时代在前进，国家在进步，中国梦离我们越来越近。不知不觉已经在大桥上徘徊了一个多小时，晚上七点弟弟的车子来了，正好赶上当天渝广高速全线贯通，八点十分就到了南充。遥想刚参加工作之时小沔到南充只有土公路，需要转四五次车，至少也得折腾七八个小时。是上苍的安排，让我赶上了新时代，体验着新时代的时空距离，享受着新时代的洪福。

■青吉晏

回望苗溪

2001 年至今，离开苗溪 18 年了。可，苗溪的山，苗溪的水，苗溪的故事，苗溪的岁月，犹如那冬夜的寒风，还是会时不时从那密闭的记忆窗缝里挤进来，把我的思绪带回那个梦萦魂绕的地方。

苗溪的山

老家也有山。上了地理课才知道，那叫丘陵，当时还有点不以为然。1996 年夏天，师专毕业的我被分配到四川省雅安市芦山县的苗溪茶场工作。过了雅安的多营，我才慢慢知道，什么叫大山。峻峭的山，壁立千仞，杂树丛生，百草葳蕤，几乎没有什么庄稼，也没有几户人家。山下是奔腾的青衣江。公路蜿蜒在半山腰上，没有现在那么宽，也没有那么平，从成都到苗溪，差不多要走一天。

苗溪茶场在当地人的嘴里，常常被叫作“苗溪山”，主要由四座山组成：灵鹫山、大坪山、纱帽山、金龙山。很多人都说，先有灵鹫后有峨眉，最近终于找到了出处：《封神演义》中说，燃灯古佛曾闭关修炼于灵鹫山圆觉洞，道成后迁往峨眉。而《金刚经》记载，释迦是燃灯的弟子，峨眉山供奉释迦佛，论资排辈，当在燃灯之后，故世有“先有灵鹫，后有峨眉”之说。当然，我不知道此灵鹫是否是彼灵鹫。

苗溪山上还有很多好东西，折耳根、草莓、蕨鸡苔、山药、天麻，总有一样适合你。就算其他地方都有的，这里的味道也要鲜美些。我们曾经跑到场部后面的山坡上，折了很多蕨鸡苔回来（那真的是“折”，蕨鸡苔很嫩很脆的，一掰就断），鲜的吃不完，就晒干了放着，又吃了很久。还有一个故事，那时候山上闭塞，干警耍朋友特难。一家伙好不容易谈上一个，可是人家姑娘不满意。终于答应过来看看，于是赶紧带上山去，又是摘草莓又是献野花，终于博得美人一笑，成就一段佳话。

苗溪的水

大文豪郭沫若的名字据说来自他家乡的两条河流：沫水和若水。其中的若水，又名平羌江，即青衣江。她的支流之一宝兴河，就流过苗溪。河水清冽，据说是宝兴夹金山上的雪融化之后流下来的。有一次皮件厂人跑了，我们去追逃。过宝兴河的时候，刚好瓶里的水喝完了，就先在河里掬起一捧尝尝：凉凉的，似乎还有某广告里面说的味道，微微有点甜！忍不住，我们一人灌了一大瓶！

大家都知道雅安有三“雅”：雅雨、雅鱼、雅女。雅雨美好，雅鱼美味，雅女美丽。雅雨的特点真的是独一无二：白天艳阳高照，晚上淅淅沥沥地来。不早不晚，入夜即来，天亮即别，绝不影响你的劳作或者出行；不多不少，刚刚把地里的土浸透，庄稼能喝饱就行；不大不小，恰恰能把暑热退去就好。不开空调不用扇，一件T恤过夏天，那日子真的是优哉游哉。

苗溪的风

苗溪的风，也是有故事的。每天下午三点到达，不早不迟，比飞机火车还准点。不过，这风只有一个地方有，那就是位于纱帽山的四大队十一队的“偏岩”。一大片茶地边上是一片山崖，前临玉溪河谷，周围灌木丛生。风，便来自下面的河谷。最初发现这个秘密的，就是经常带着罪犯在那儿种茶采茶的干警了，也不知是谁。至于为什么那么准时，我们至今也没有找到答案。想来，应该和当地特殊的地形地貌和气候有关系吧。就在当年，这里俨然也是纱帽山一景。前年整理监狱历史资料时，我就曾经见过一张那位干警的照片，记不得他的名字了，只见他穿着老式的军绿色警服，正坐在偏岩上向我们挥手致意，似乎讲述着曾经的故事。

苗溪故事

苗溪故事太多啦！每个人都有很多，大概三天三夜也讲不完吧。

那时候通信不方便。打电话得一圈一圈地拨，长途电话得请大队部的接线员转，运气不好还打不通。电视是后来才有的。直到我们搬下山，也是用的室外天线，能看的台不多，还有很多雪花。记得 20 世纪 90 年代买彩票，大家都是写上号码，另加一成的费用，托茶场每日往返成都的一位张姓驾驶员代买。如此劳神费力，也不知当初是否有人中奖。

生活单调，山上工作的干警就养成了各种各样的习惯。有画画练字下象棋的婉约内敛，也有喝酒抽烟打牌的豪情奔放。据说一个大哥烟瘾大，一天只用一根火柴。他现在都还在世，不过身体不好。山上湿气重，被子经常都是湿漉漉的。有人下山休假忘记交钥匙给队友帮忙照看，几天之后回来，被子就长霉了……天气湿冷，山上的干警很少有不能喝酒的。夜幕降临，忙完一天的工作，围着暖暖的电炉，就着或多或少或荤或素的菜，说着有一搭没一搭的话，喝着有一杯没一杯的酒，那种日子的孤独和惬意，来到车水马龙的成都以后，是再也体会不到了。

而今，大多数人都搬到成都，搬到外地工作和生活了，环境和待遇与当初相比，已不可同日而语。可是每次休假，仍然会有那么多人风尘仆仆赶回苗溪，探亲访友，寻根怀旧……

■许元磊

曾经的我

“曾梦想仗剑走天涯，看一看世界的繁华。”和我同姓的歌手许巍唱着《曾经的你》，带着一股经历世事的感伤，也许那也是我们曾经的心境！梦回少年时的壮志豪情，我也曾写下“挥剑西歌，指点山河，戎马踏碎戈壁，策风驭驰夕阳”的豪言壮语；我也曾鄙夷着父辈的生活，认为他们是蒙着眼拉磨的驴，在原地转转悠悠一年，忽忽悠悠一生，终究走不出那群山环绕、碧波静淌的小城。我一直有个梦想，走，走出小城，走出群山，走向无比辉煌的未来，走遍无限广袤的世界。

如果那年，我的师兄没拿着刊登四川监狱系统对外公招信息的《四川日报》来找我，我可能会在小城

里教书育人，以桃李芬芳满天涯书写我的职业。在看到报纸上庄严肃穆的监狱人民警察那几个醒目大字的时候，我欢欣雀跃，这也是灵魂工程师呀，教师塑造灵魂，狱警改造灵魂，这个事业对我太有挑战性，我毫不犹豫地报考、应考。我从延续了几辈人的书香门第、教师世家里走了出来，走在一条祖上从未从事过的狱警路上！

从千军万马中突出重围，公招为人民警察本是幸运的，但刚出茅庐还未建立正确职业观的我也是彷徨的。那时候的锦江监狱因发展需要，刚从繁华都市中心搬迁到了阡陌横纵的郊外，我站在尚在施工的高墙外，五味杂陈，迎接我的是怎样的征途?！我穿着还带着书卷气的旧衣裳，面对鱼龙混杂的改造对象，不由自问，我想执剑开辟万仞山、舍我其谁的自信在哪里?！翻着卷宗，做着报表，看着案几前的光头“移形换影”，我眼前展开了一幅场景，囚犯如流水在眼前晃动冲蚀了时光，民警刚毅的身躯快进着白了少年头，尚未领悟工作内涵的我有了浮躁和焦虑，把坏人变成好人的初心也有了动摇。此时的我在监狱背后的农舍租下一间小屋，每天下班后伴随狺狺犬吠、呱呱蛙鸣回到宁静的独居处，漫滋“筚路蓝缕、以启山林”的自我感动，我逐渐从触手可及的各种书籍中参悟了丝丝真意！

有书相伴的同时，庆幸有带我们前进的监狱党委，向我们描述了创建省级现代化文明监狱，部级现代化文明监狱的美妙蓝图。还有对监狱事业无比忠诚的前辈，他们告诉我，老锦江当年所处的位置像此时一样四周农田，他们入职时骑着自行车驮着被子沮丧地找到了破朽的大门，如我一样对未来充满了迷茫！而我们这些新人是幸运的，看到的是刚经历了布局调整、迁扩建到了新址的新锦江，这里有高墙电网，监管条件比从前更加安全，而我需要拆掉内心的围墙，把一颗心沉在这方寸之间，用心去完成自己的使命！

天生我材必有用，我学着把书里的激扬文字和当前静思善行的工作要求结合起来，我学着用上善若水的思想去肃清失足囚子的犯罪思维，去理清忠诚卫士的工作思路，用段段文字去总结我在工作中的层层领悟。终于，我走到了适合自己的岗位，我也有幸伴随着监狱成长。在监狱局党委的指引下，经历几代监狱长的苦心耕耘，监狱接连创建了省级、部级现代化文明监狱，十大规范化经验全省推广，省纪委法纪教育基地落成，打造出全国闻名的出监监狱，全国领先的低度戒备监狱……监狱获得了一项项荣誉，先进的经验向国内外推广！我也经历了监区、宣教科、教育科、回归指导中心、评估中心、综合办等工作岗位，监狱培养我成熟，我陪着监狱成长！而今“十三五”规划、“五年三步走”计划正如火如荼地展开，我也仍然“在路上”！

六一刚过，我陪着儿子在学校参加了入队仪式，看到他戴着红领巾意气风发的青涩模样，我翻出了当年入队的老照片。我想起了已经过世的父亲，想起了家乡那座小城，想起了十多年前监狱四周的油菜花，想起了退休的老同志们，想起了我当年想象的那头驴，这个世界就是磨盘，我们始终围绕一个轴心去打转，这个轴心是工作，是家庭，是生活，也是初心！如果没有一个大格局，会觉得周而复始，循环往复，无穷轮回，清淡寡味。但深入体会后才能明白，没有绝对的自由，顶着神圣的国徽就有责任，有责任才能体会到自由！没有绝对的无垠天地，心里的围墙才是束缚，有一个干事业的平台才能体现生命的意义！我们一直在路上，唯有无怨无悔，问心无愧，才能此生无憾！那磨盘下的土地会留下坚实的脚印，那时间编织的绳索会证明我来过！

而今监狱周围又布满了高楼大厦，我也在成都有了家室，随着时代进步，每一天都有新意，对自己也有了更多新要求！曾经的你我，已然不同。现在的你我，无限可能。“勿问收获，且事耕耘；行之既久，或可有成。”从容地与监狱共成长，共同走在征途上！

■欧守军

什样锦花烂漫时

什样锦又叫波斯菊，它是青藏高原上一种随处可见的生命力极其顽强的野花。相传，它是由英国传教士用枪炮开路，随着鸦片一起从印度带到中国来的。那些武装到牙齿的传教士宣称，所有什样锦花盛开的地方都是他们的殖民地。所以，什样锦在高原上并不招人喜欢。也有人说，因为什样锦的叶子有一股怪味道让人眩晕，所以才不招人喜欢。我更愿意相信是因为后者，毕竟每到秋天，山坡上的什样锦都绽放得五颜六色姹紫嫣红，让人流连忘返。

我曾经在地处青藏高原的一个劳改农场工作生活了许多年，那里的山坡上就生长着大片大片的什样锦。后来监狱布局结构调整，单位搬迁，我离开了那里。

听说那里现在成了什样锦的天堂。特别是麦地堰每到秋天都会变成花的海洋，有大批游客前往赏花。麦地堰成了游客观光的地方，这确实有点出乎我的意料。

麦地堰是我们原单位唯一的生产生活引水渠道，素来被视为“生命之堰”。这条“生命之堰”蜿蜒数十公里，途中有几处地质灾害点时常发生垮塌。单位决定开挖一条穿山隧洞，避开这些地质灾害点。为此专门成立了麦地堰工程队，工程队的队部就设在隧洞旁边的山坡上。人们习惯把这片长满什样锦的山坡也叫作“麦地堰”。

1997 年的雨季还没有结束，单位就派我和另外几名年轻干警带着几十个罪犯进驻麦地堰。麦地堰工程分为洞内和洞外两部分，预计建设工期为 6 个月。我们先期在进行洞外工程建设的时候，山坡上的什样锦刚刚开始打花骨朵。等到工程结束，满山遍野的什样锦花已经凋零枯萎。这时候，农历新年的钟声也即将敲响，我们把进入隧洞施工的时间确定在了春节后的初五。

进入隧洞以后，我们才发现不具备专业知识和相应的设备，仅凭一腔热血就带着简陋的工具去探索地下世界是多么的愚蠢。我们脚下的地底不仅有泥土和岩石，而且，还有许多东西我们见所未见。在施工过程中，我们不仅要时刻提防头顶随时可能发生的垮塌，还得躲避脚下无处不在的陷阱。就在工程缓慢推进的过程中，我们才逐渐认识了隧洞工程这门专业的学科。施工方案不停地进行着调整，最初设计的浆砌块石隧洞顶，后来改成了安放预制件的拱圈；运输方式也从人工操作发展到了卷扬机牵引轨道车的半机械化作业。随着时间的推移，单位领导意识到，最初预计的建设工期实际上是一个不可能完成的任务。但是，开弓没有回头箭，穿山隧洞的任务必须完成。

1998年的5月，在雨季即将到来之际，山坡上的什样锦也吐出了新芽。一天中午，天空中乌云黑压压的，在电闪雷鸣中暴雨倾盆而下。突如其来的暴雨，在山坡的低洼处迅速汇集成滚滚洪流，汹涌的洪水冲毁防洪沟涌进了隧洞。我们立刻组织现场施工人员撤离，我们刚刚撤离到安全地带，滔滔的洪水就淹没了整个隧洞。高原上只有旱季和雨季两个季节，第一场暴雨落地后就是漫长雨季的开始。雨季天无法进入隧洞施工，我们只能暂时撤离了麦地堰。这时候，麦地堰山坡上的什样锦在雨水的滋润中正欢快地生长着。

当山坡上的什样锦再一次开始打花苞的时候，我们又回到了麦地堰。根据已有的施工经验，我们加快了工程进度。但是，新问题仍然让我们防不胜防。天气转凉以后，犯人中感冒的开始增加，有时感冒也会引起个别人的体温升高。有一个年轻犯人，因为感冒发烧被送到医院，却被诊断出感染了“出血热”病毒。这是一种老鼠传染给人，并能在人群中交叉感染且致死率极高的病毒。它发病的早期症状就是发烧。卫生防疫部门要求我们全体人员就地隔离，并在驻地周边展开大规模的灭鼠活动。恰恰此时，与那个年轻犯人接触过的几个人又出现了发烧症状，这让麦地堰的空气更加紧张。但是，这些困难依然没能阻止隧洞长度的延伸。就这样，我们磕磕绊绊地历时三年，终于打通了那条长六百余米的隧洞。

隧洞通水验收以后，单位在肯定我们为麦地堰工程做出努力和牺牲的同时，也以工程延期交付对我们做出了处罚决定。这样的结果，让大家的内心五味杂陈。

那以后，我就再也没有回过麦地堰，也不知道麦地堰的什样锦是否真的像人们所说的那样。有时候，我还真想回去看看……

■陈　玲

我和我的祖国

识字之初，见“祖国”二字，心中茫然不得其解，便喜欢捧书追寻父母，然而父亲、母亲文化程度不高，总是给我不同答案，如：祖国是中国，我们的国家；祖国是家，生活长大的地方；祖国姓“祖”，就是和爷爷奶奶一样的感觉。每每听到此，更是彷徨疑惑，到底哪一个才是正确的答案，什么才是真正的“祖国”呢？

带着这份疑问的我渐渐长大，对“祖国”有了自己的认知。祖国是有长江黄河、呼伦贝尔大草原、珠穆朗玛峰的地方，她有56个风情各异的民族、璀璨辉煌的古文明和蓬勃发展的现代化，她是生我养我给我保护的故土，也是我的家！

翻开“祖国”的成长史，难免感慨万千，从盘古开天地、女娲补天、嫘祖蚕桑等上古传说，到春秋战国诸子百家争鸣，冠顶中外的大唐，再到受尽屈辱、浴血抗争的近代，沧海桑田的轮换，翻天覆地的变化，无一不在诉说着祖国经历的万般苦难，却也在歌唱着历过千帆而强大的她，终得鲲鹏之翼庇佑着亿万华夏儿女。我也终于明白年幼时母亲说祖国姓“祖”的真正含义，原来无论我身在何处、走在哪里，身体里都流淌着“祖国”的血液，头脑里都灌注着“华夏”的精神，而这种鲜红沸腾的骨血力量将代代相传，生生不息，愈来愈强。

脑中时常回响，英雄先烈们在战火中的呼喊：“为了新中国的胜利，冲啊。”也记得毛主席在天安门广场大声宣布“中华人民共和国、中央人民政府今天成立了”的恢宏场面，无论哪个声音，还是哪个情景，都让人热泪盈眶、心潮澎湃。而今，祖国大地城市高楼霓虹、车水马龙，乡村绿水青山、生机盎然，解决温饱的问题早已成为历史，追求则是一个又一个美丽且伟大的“中国梦”。中国人才遍布各行各业，中国技术、中国基建、中国品牌、中国制造、中国文明等“中国”标志辉煌在世界各个角落。

中国不再是中国之中国，而是世界之中国！我为身在中国而感到骄傲！

而今，作为一名监狱民警，我与祖国的融合更加深入，既可以在一个平凡的岗位尽绵薄之力，又可以纵观古今、畅谈中外，享受父母关爱、儿女绕膝的快乐。感谢祖国给予和平安宁的生活，祝福祖国昌盛繁荣，同愿吾身永栖华夏，世代承传中华之魂。

■王园园

两张老照片

监狱医院的走廊上，工人师傅正在往墙壁上挂照片。我从三楼给病人打完针下楼，正看到医院的姐姐们围在一起看照片，并发出阵阵笑声。已到了下班的时间，大家都还没有走。

监狱文化建设走进了医院，一张张工作和生活照，挂在医院的墙壁上，瞬间给白墙增加了色彩，也为医院带来了生气。我把二楼墙壁上的照片认真看了一遍，一些老照片里有许多对我来说陌生的面孔。作为医院来的最晚的青年民警，那些老照片里记录的人和事对我来说确实只是历史。

从二楼看到一楼，在一楼药房门口的文化墙上，展示的是崇州监狱医院的发展史。四张照片分别对应医院的创建、发展、数字化和跨越。前两张是以前万家山上的老医院照片，后两张是2008年地震后下山重建的现在的医院照片。药房的袁姐和孟姐正对着这几张照片说着什么。我走近，看到第一张照片，四个我都不认识的护士站在万家煤矿医院的门口。袁姐笑着对我说，这是1978年我们医院刚刚创建的时候拍的。第二张照片上是一幢树木掩映下的两层小楼，孟姐指着照片向我介绍，这就是在山上时医院的楼，一楼是内科，二楼是外科。眼前的两张不起眼的照片，打开了两个姐姐的话匣子，在袁姐和孟姐长长的关于医院的回忆里，历史变鲜活，我看到了监狱医院的前世今生。

20世纪八九十年代，崇州监狱还叫万家煤矿。那时的监狱医院刚刚成立，在偏远的万家山上。上山的路崎岖坎坷，每天只有两三班车下山，下山需要三四个小时的车程。因为当地医疗条件落后，监狱医院不仅承担罪犯医疗救治任务，还对外救治山下和附近的百姓。麻雀虽小五脏俱全，医院分内、外科和妇产科。由于缺乏医疗设备，病情诊断大多靠医生经验判断。经历过春节期间瓦斯爆炸伤员抢救，小煤矿矿难抢救，车祸抢救，甚至承担附近百姓的计划生育工作。小小的医院常常是走廊上都住满了病人，人满为患。

因为上下山困难，监狱民警大都两三个月才下山一次，住在单位的职工宿舍。民警工作和生活区是连在一起的，所以每逢抢救，医院几乎全员参与。医生护士常常是正在吃饭，听到有抢救，放下碗筷穿上白大褂就参与抢救了。

姐姐们说，那时候女人是当男人用的，晚上和男民警一样值夜班。有时候遇到山上农民误服了农药送来医院抢救，每5分钟测血压观察病情，整夜得不到休息。山上条件差，经常停水停电，晚上给病人打针输液都是点蜡烛，早上没水连脸都没法洗。在这样艰苦的条件下，医院民警团结一心，苦中作乐，凭借一腔热血和精湛的医术，赢得了附近百姓的交口称赞。并于2000年达到了国家一级甲等医院标准。

2000年以后，医院开始引进一些医疗器械和辅助检查设备。2008年地震后监狱从万家山上搬下来，到如今，医院的条件是越来越好了。

孟姐说，医院达标的2000年，却是她一生最不愿回忆的一年。2000 年 7 月的一天，孟姐的爱人，也是监狱水电厂职工的雷哥在职工宿舍突然倒地，意识丧失。因当时监狱医院条件有限，抢救的同时就立刻拨打了崇州市人民医院的 120 急救电话。但一个多小时后，雷哥不治身亡，人民医院的急救车却因上山的路正在修而无法上来。孟姐说，那时候每年夏天，上山的山路一遇暴雨就塌方，晴天的时候就尘土飞扬，灰尘满天，下雨的时候就泥泞不堪，寸步难行。就因为这样的山路，年轻的雷哥没有等来救他的 120 急救车。孟姐说，那年她的孩子才 8 岁，她的天都塌了。

说起这些的时候，孟姐就像在说一个遥远的故事。还有几年，她就要退休了，她聊天的时候还常常聊起儿子的女朋友，用了将近 20 年的时间，当初的痛彻心扉撕心裂肺让如今的孟姐微红了眼眶。

孟姐的故事讲完了，下班的人也陆续走了。袁姐和孟姐走后，我站在一楼空空荡荡的走廊里，看着眼前第三张和第四张照片上一张张笑靥，陷入了沉思。

我想起我刚来医院时遇到的第一次抢救。一个病人突发心肌梗死，值班医生抢救的同时，医院领导已迅速到位并拨打了120急救电话，20分钟内，崇州市二医院的急救车已经到达医院楼下。新的转诊制度让我们面对急危重症的处理时不再束手无策，更加规范化的管理减轻了监狱医务人员的负担，四川省监狱管理局中心医院和四川省司法警官总医院为全省各监狱医院的医疗提供了有力保障。

时代推着人们往前走，在新时代的今天，我从两张不起眼的老照片里，看到了崇州监狱医院的历史，也看到了前辈们开拓进取不畏艰辛的豪迈情怀，看到了一代又一代监狱民警如何将青春和智慧挥洒在这片土地，浇灌着理想之花。

我想，再过十年、二十年，我们的监狱会是什么样？我们的医院又如何？也许我会像今天的袁姐和孟姐一样，对着年轻的面孔，讲着今天的故事，把监狱的历史和精神，一代一代传承下去。

■孙　斌

半包雪莲烟

我的抽屉里，放着半包“雪莲”牌香烟。又看到了它，有点舍不得地点燃一支，袅袅的烟雾中，那天的情景又浮现在眼前。

那是周末的下午，因为赶一份资料而耽误了下班时间，六点过，头晕眼花的我踱出办公室，刚好看见两个在楼道里焦急地转来转去的汉子。虽然两人都穿着便服，我还是一眼就看到了穿在里面的警用毛衣，再看看藏蓝色的警裤，就估摸到是来办事的同行。

好容易看到一个穿警服的，两个汉子迎了上来，其中一个直接给我打招呼：又见面了，战友！我定睛一看，果然有过一面之交：两天前还是中午休息时间，还是他们两位，风尘仆仆地来找狱政科，我给他们指的路。

看过介绍信和警官证，我明白了他们的来意：一个曾经在我们监狱服过刑的人员，在遥远的西部某市又牵涉到一起重大的刑事案件。作为刑侦民警，他们需要完整的证据链条，于是驱车几千公里，造访了云南、四川多所监狱，又奔波于昆明和成都之间，办齐了相关手续，最后要在我们监狱提取这个嫌疑人的服刑记录，以及所采集的 DNA 样本等资料。离家四五天了，案情又紧急，胡茬已经长得老长，偏偏遇到了周末，紧赶慢赶，还是没在下班前赶到。没有联系方式、没有熟人，面对空荡荡的办公楼，眼见时间又要耽误，心里不免着急。抱着试一试的心态，正好等到了我。

不需要恳求，不需要解释，我立即拨通了我们狱政科科长的电话。电话那头，喇叭声响成一片，他正堵在接孩子放学的路上，可二话没说，把孩子放在离家最近的路边，顶着暴堵的下班车流就往监狱赶。

把客人丢在楼道里是不礼貌的，于是在等待的时间里，我们闲聊起来。烟是和气草，不免互敬几支。西北汉子觉得我们云贵川的烟太淡，掏出了雪莲。同道中人，不免品评几句。等到狱政科科长赶到的时候，我的半包烟也没了。他不是一个人来的，在车上他就向分管领导进行了汇报，把管公章的、管档案的女民警都带了过来。灯火通明的办公室里，西北汉子们总算是长长地松了一口气。

夜色完全黑下来的时候，所有的资料装在了一个袋子里。我们挥手道别，两个汉子走向他们布满风尘的越野车。

突然，为首的老李跳下车来，将半包雪莲烟塞在我的手中，标标准准地给我敬了一个礼。

越野车绝尘而去，当晚还有数百公里的奔波。

我愣在原地，手里是半包雪莲烟，以及残留的温度。

这不是礼物，这是战友之间的敬意。

我来不及推辞，也舍不得推辞。

半个多月过去了，我一直舍不得抽它，在烦闷的时候，我会拿出来，心里很快就静了。

我不记得他们的姓名，也难再有机会与他们相见。我们所有的缘分，可能就是这两个照面。但是我知道，为了这将在黑夜中安稳沉睡去，又将在黎明里欣喜苏醒来的社会，我们共同加过那么一个特别的班。

■景滟茹

大道至简

我顿了顿，站在石头旁，仰头上望，雨水直接打得我睁不开眼，只得拿手挡住，从缝隙中偷瞄。

7点多的早晨，老天暴躁，狂风大作，大雨灌溉，这存心跟我们过不去。

“你快回去，你搬不动的，雨这么大，我来搬!”办公室的同事哥哥冲我叫喊。

咋儿，从监狱指挥中心13楼顶垂直落下的两幅标语，已被风雨狠狠拍打，折磨数遍，变得面目全非，就算有“千斤坠”的石头在一楼“帮忙”，它还是像一张扭曲的脸，上面的字更像翻着的“白眼”，失去了昨日精神，并有些夸张地乱贴在墙上。这可不行，今天会议开始之前，必须尽快恢复它的“精神状态”。

我找着石头的凹凸处，终于让大石头扭了一下腰。然而被淋湿的标语纹丝不动，没有一点点想要转身的样子。一次努力失败，再努力再失败，十来次仍然失败，仿佛这标语喜欢作壁上观，使劲嘲笑我这弱女子，警服被水洗一般变了颜色，水洗样的头发衬着领花的银色，给暗黑的老天打了个亮色的补丁。

同事小哥冲过来了，一起奋力突破这使用“千斤坠”的“磐石”，左旋——右旋——左旋……在瓢泼大雨中，忘记了时间，忘记了还有风和雨，我们终于把缠绕了好几圈的标语的“脸”，转到正面，露出它应有的精神样儿。

几年过去了，在工作累了、倦了的时候，我常常想起这一幕，回想着当时是如何拥有这样的心情、这样的拼搏精神的，换句话说是怎样“入道”的。

那是 2016 年 4 月，我被借调到监狱办公室，在这个和谐的“大家庭”中生活和工作，同时开启了工作的新征程，这成为我生命中最美好的转折点。

7 月，我们监狱举行大规模的演习——“破袭 2016”。那时的我还傻傻不知道自己做的是怎样重要的工作。活动前夜，我独坐在“凉爽”的地上，一遍遍重复着打开、折叠、捋平、装袋、数数的机械动作，像指挥我的“军团”——那些纵横排列的会议资料。

在全国监狱安全生产会培训班定在我们监狱的时候，整个办公室的人都“倒排日程”，没日没夜，做着准备工作，就是在那个时候，我领会了“废寝忘食”的真义；会务、接待、杂事，若干“临时变化”像一只跳蚤弄乱了美好想象的“秩序”，在一筹莫展的关键时刻，我师父梅姐姐总是一针见血指出问题的“症结”，指导“对症下药”。那时，我们办公室的“小伙伴们”一同“摸着石头过河”，在改革创新中不断提升能力和素质。我们常常以办公室为食堂、以方便面为热饭、以静夜的灯光为白昼，累了、困了、实在睁不开眼了就在办公室打地铺。每每一不小心就熬夜到第二天凌晨5点，连续奋战几天下来我们都得了不折不扣的“红眼病”。

我们“干苦力”，搬桌子、挪凳了、排位置，井然有序，布置会场一流；我们“费脑力”“抓细节”，咀嚼每一个字句，考究《温馨提示》《会议指南》；我们“费心力”“拼全力”“上窜下跳”，确保会议成功召开。

在监狱被省局评为“最规范监狱”后，来自全国同行的学习参观活动增多，前来接受警示教育的人数也不断增加。为更好、更规范、更合理完成这些任务，我们想办法、添措施，在反复摸索实践中逐步形成了“经典”模式：对活动的参观、分组、路线，建立了ABC预案；会场布置简洁大方，标准化、规范化、程序化。这一模式使会务衔接丝丝入扣，保证了会议如期圆满召开。如许这般，只是轻描淡写了我们平日工作的一小部分，更多的时候，我们是分发一支笔、通知一个人、写好一篇稿的“形象门童”“热线服务生”“救火候补队”，从不经意、不起眼、不完美的地方，为每一次活动沥尽心血，竭尽全力，做最好的服务。

我也知道，每一份工作都不轻松，每一项任务都肩负着许多人的心血，看起来简简单单的事情从来都不简单，就像我在绿化队时烈日下被晒出的汗水，每一滴都融进浇灌的水中，渗进成长的树心。而我，自从投入办公室这个大家庭后，从懵懂的“小学生”、最初的茫然，以及挠头不解和垂头丧气，到今天“老气横秋”，我早已被工作催熟。

开完会，接下新任务。我不慌不忙地收拾着笔和本子，挤着眼笑，偷偷跟梅师父说：“简单，我们好像没什么特别多的任务。”她会心一笑，点点头：“是呀，就那几件事。”

那句话怎么说来着，喔，大道至简。

■杨汝君

少年，你别走

这天午后的阳光很浓烈，照得人暖洋洋的。好像是一个怀旧的午后，我坐在摇椅上，手里捧着五十年前的影集。掸去灰尘，一页一页地翻着。几张熟悉的面孔映入眼帘，人老了，眼睛花了，看不清楚了，摘下眼镜，拿起身边的放大镜，才辨识出来那几张青涩干净的少年面孔，时间一下就回到了五十年前……

这张是关于陶姐教服刑罪犯跳舞的。我还记得啊，那时候，我们监狱组建了一个服刑罪犯阳光艺术团，许多罪犯因为舞蹈变得自信勇敢；这张是王姐在教罪犯叠被子，四四方方棱角分明的被子在照片中特别显眼，王姐在一旁骄傲地笑，好像获得这世上最甜的蜜糖；这张是李姐在和一名罪犯谈心，看那罪犯愁眉苦脸的，肯定又发生了什么不开心的事情吧，李姐温和的微笑与认真聆听的表情，让照片都暖和了；这张是我们运动会的时候拔河的，“哈哈哈哈哈”，我不由得笑出声音来，个个“狰狞”的表情，冠军非我不可的架势；这张是我们和罪犯一起过彝族年的；这张是那次消防演练的现场；这张是那次技能大比武训练的时候；这张……这张……这不就是我么，伏案低着头，奋笔疾书，当时我在写些什么呢？人老了，都忘了。

呵，时光太快，很多事情都模模糊糊了，当初数错过人头的我，现在可以老到地写着回忆录；当初叽叽喳喳问东问西的我，现在可以对这份工作娓娓道来；当初跟在她们身后的小屁孩，现在都已经长大变老了。摸着一张张泛黄的照片，我更想念她们了。

看着这些照片，我努力回想着过去，穿上警服这么几十年，从青葱到古稀，从少年到老年。有多少人从我的生命中来来往往，她们用自己的力量告诉我细心、乐观、快乐、苦涩的意义；教会我怎么坦然去面对人生百态；更让我对这份薪火相传精神充满了向往。人总有一天会离去，只有信念才会传承。

合上影集，摇椅还在慢慢摇着，我早已泪眼婆娑。一切好像还在眼前，而我们，都还是当初那个向上的少年。

我拿起一支笔，想写点东西，霎时，好像知道那年的自己在写什么了。

■包红梅

忆我平凡的父亲

1997年，香港回归的激动心情还未平息，我就穿上了向往已久的橄榄绿，接过您手中闪亮的警徽，就如同接过了赛场上的接力棒，奋力拼搏在追赶您的绿茵道上，您开心地笑了，如同香港回归时刻，那俩月是您生前最满足的时光……

您1956年来到广元旺苍，在旺劳总队、旺苍煤铁厂、川北监狱的历史变迁中，您从战士到工人再到监狱人民警察，努力完成了一个个角色的转变，一步一步走完了普普通通的一生，那一天，您合上了双眼，卸下了一生的重担与病痛。儿子、丈夫、父亲……今生今世的所有缘分终结，我歇斯底里地哭喊，也换不回您今生的再次回眸，绵延的山沟沟里飘荡着我无尽的思念……

那些山那些树都见过您扛着枪年轻英俊挺拔的样子，见过您修营房、筑堤坝、练射击洒下的汗水，也见过您获得优秀射击手的荣光，更见过您在那些风雨交加的夜晚把自己站成了一尊雕塑，眼睛时刻警惕着一群蠢蠢欲动的罪犯……

在残旧破败被废弃多年的发电厂厂房里，依稀有您当年忙忙碌碌的身影；在煤铁厂山一样堆积的偌大库房里，作为库管员的您还在爬上翻下细心地盘点；在嘉川河坝上空，还回荡着您周日下河摸鱼的笑声……

家在远方您始终牵挂，省吃俭用积攒的每分钱，都寄给家中的父母、妻儿。每年您回家忙春耕秋收的那一两次，是我们最开心的日子，各种美味的零食、可口的饭菜，家里比过年还热闹，您的兄嫂弟妹都来喝酒，听您说工作上的成绩和远方的故事，您嘘寒问暖关心每个人，简陋的小屋充满了笑声……

1985 年，我们搬到了大山沟——石洞沟——旺苍煤铁厂最偏远的采煤大队——川北监狱条件最艰苦的五监区，在您的陪伴教导下，我在这里度过了最值得回忆的童年、少年时光……三个子女中您对我最为严苛，只要您在家，言行举止都要按您的要求做，稍不留神就要挨批评，印象深刻的是吃饭拿筷子姿势不对，您用筷子一下子打在我手上，我觉得难受吃不下饭跑到一边去，母亲走过来轻柔地抚摸安慰着流泪的我……让我多年不能释怀，认为您偏心，更疼爱姐姐、哥哥些。您有空闲就教我洗衣做饭，杀鸡宰鸭，初中还有同学在父母面前撒娇时，我就能够独立地给一家人做年夜饭了。您总说：女孩子，不光学习要好，什么都要会。您文化水平不高，但是常年喜欢读报刊、小说，家里并不宽裕，还是挤出钱给我订阅课外读物。我发奋读书，不想挨您的批评，更多的是想得到您的表扬与宠爱。当了母亲的我才明白当年的您对我寄予的希望，恨不能把生平积累的所有知识传授给我，让我在人生路上尽可能少走弯路……

您在监狱的工作并不轻松，您干过物资供应采购，井下生产用的辅助材料、劳保用品、办公用品都经过您的手。在物资稀缺的年代，这份工作让您长年在外奔波劳累，亲自找货源，亲自押车，吃饭睡觉时间没个准，但从未听过您抱怨。您干过分监区事务长，那时监区很多物资未集中供应，为买到便宜又实惠的物资您和同事跑遍了周边的乡镇。有时深更半夜您还要带罪犯就医，一忙就到了天亮。离开事务长岗位，您曾骄傲地对我说："罪犯伙食费、零花钱账目一清二楚，不差一分钱，为分监区累计节余两万余元；干任何工作都要踏踏实实，才能对得起国家的工资，也经得起各种检查。"

我在子弟校上初中的时候，过度劳累的您病了，组织为了照顾您让您守监房大门，您坚持遵守进出监房纪律规定，在那个监管设施简陋的年代，却没有一个罪犯在您值班的时段跑掉过。就是这份认真执着，让您在岗位上被人无理冲撞摔坏了大腿骨，以至于多病的身体又留下右腿残疾。您未抱怨任何人，带着残腿上班，并且宽慰我们：年轻人冲动犯了错，他还有大好前程，不能影响他。这就是您作为一名优秀共产党员的风格和境界，让我仰望并一直影响着我。

您曾在病床上说：在外漂泊一生未尽孝道，死后葬回遂宁老家陪陪父母。监狱于 2012 年搬到绵阳了，远离了您战斗一生的地方、我的第二故乡。但是距离您安息的地方更近了，我可以带着您的外孙，经常回来看看您了……

青山常在，绿水长流。虽然您离开我们22年了，但我总感觉您还在身边。每当我困惑、情绪低落时，我就会想起您的教诲；每当我想偷懒松懈一下时，我总看见您严厉的目光；每当我遇到困难挫折时，我会听到您的鼓励鞭策。您像无数个监狱人民警察一样，兢兢业业，无怨无悔奉献了一生，筑牢了监狱事业安全、稳定、坚实的基石。狱志、狱史馆中没有您的名字，但您的血脉就在我身上流淌，您的精神还在我身上闪烁，您的事业仍在我身上延续。

这些，可否告慰您在天的灵魂了？

■何新成

“抢红苕”引发的遐思

“红苕来啰！红苕来啰!!”

食堂里，随着炊事员的高声吆喝，一个大大的不锈钢餐盘旁边立刻围满了人，一堆热腾腾的蒸红苕转眼被一抢而光。有的碗里甚至没有米饭，全是红苕，大家一边大口吃着，一边啧啧赞叹：“这可是好东西啊，吃了好!”

而摆在旁边的回锅肉却没有这个待遇，因为太肥，它常常被大家冷落。

不仅红苕如此，玉米上市的季节，一个个煮熟的玉米棒子也会受到被争抢的“优待”。每每此时，都会听到老同志感慨：“以前天天吃红苕稀饭、玉米糊糊，把人都吃怕了，每天都想吃肉，最好还是肥的，不要瘦的！现在反了，红苕居然成了抢手货，哈哈……”

说者无心，但相较于日新月异天翻地覆而言，这些朴实的话语反倒是我听到的对生活变化最生动形象的赞美。

我出生在 1977 年的农村，有记忆时已是改革开放初期，那时村里已经实行土地联产承包责任制，大家终于由过去食不果腹到能吃饱饭，但也仅仅是吃饱而已。

40 多年过去了，现在大家再也不担心饿肚子，而是常常面对太多选择不知吃什么好而“烦恼”。拿我而言，每当妻子做饭前问我想吃什么时，我习惯回答“随便”，为此经常惹她生气。由于在家做饭的时候越来越少，冰箱里食物常因过期而不得不扔掉，让经历过三年困难时期的老母亲疼惜不已……

个体生活水平的变化折射出的是整个社会的巨大进步。

新中国成立后，经过近 30 年的曲折前行，尽管我们在一些领域取得了耀眼的成绩，但在以阶级斗争为纲的错误思想指导下，国家经济发展受阻，人民生活水平偏低。

中国有句古话：穷则思变！

在十一届三中全会上，党中央果断提出改革开放的发展战略。小平同志以伟人的气魄和胆识，调整了巨轮的航向，引领中国驶向人民富足、国家强盛的道路。

方向决定道路，道路决定命运！

这40年，虽然只是时空长河里一个短暂的瞬间，却是中华民族历史上极为灿烂绚丽的一页。经过40年来不懈奋斗，中国已经成为世界第二大经济体、第一大工业国、第一大货物贸易国、第一大外汇储备国。连续多年对世界经济增长贡献率超过30％，成为世界经济增长的主要稳定器和动力源。改革开放不仅深刻改变了中国，也深刻影响了世界！

成绩是巨大而空前的，是令人惊喜振奋的，但面对成就，我又有另一种隐忧：小富即安！

在这方面，我们曾经付出过十分深刻惨痛的教训。

大清王朝经历康乾盛世后，不是以开放的姿态面对世界，而是选择了闭关锁国、故步自封，错过了与工业革命同步的机会，与近代科技文明渐行渐远，国力日渐衰退。面对困局，有志之士提出革新的主张，可保守派冥顽不化地坚持“祖制不能变”，一次次抵制变法求新。即使改革，也是治标不治本的小改，致使中国与西方国家差距越来越大，面对帝国主义列强的坚船利炮屡战屡败，不得不签订一个又一个丧权辱国的条约，到处割地赔款求和，最后沦落到国不像国、民不聊生的悲惨境地。

历史是面镜子！当我们取得一些成绩，难免会出现怕变求稳的心态，但纵览人类文明发展史，再好的制度都需要不断地完善，故步自封的结局必定是抱残守缺，最终被时代抛弃。

可喜的是，在成绩面前，我们的党和国家领导人并没有沾沾自喜地认为改革开放“可以了”“到位了”。而是坚定地提出“改革永远在路上”“中国开放的大门不会关闭，只会越开越大”的明确主张！

没有最好，只有更好；变是绝对的，不变是相对的。我坚信，只要我们沿着改革开放的道路继续走下去，中华民族的伟大复兴必将指日可待！

■胥　静

藏蓝色的木棉

20 岁，我爬出青春的沼泽，用风铃草一样亮晶晶的眼神望向你，女监。20 岁是什么？20 岁是热爱，20 岁是挺拔，20 岁是希望……如今，你也 20 岁，我的女监，我们七年未痒。

君子一诺，万山难阻。初见时我曾说过“要携这一抹藏蓝，做一株木棉，以树的形象和你站在一起”！为了这君子一诺、为了这站立的姿态，在与你相处的七年时光里，我一直努力让自己能长成你身旁的木棉。从监区管教到新绿艺术团编剧，从女监微电影制作到女监元宵晚会导演，从七色艺术节策划到参与示范监狱创建，从感受女监文化到参与女监文化建设，从母亲的女儿到儿子的母亲…短短几十字便可将我这七年讲述完，但讲不完全的是七年里你的芳华、我的芳华；讲不完全的是我从不同视角看到的那时、那人、那事……

2017 年“新绿·七色”艺术节开幕前夕，夜已深，舞台上的照明灯忽暗忽明，将我和小伙伴毛锐迪席坐于地的影子拉得长长的，小心翼翼地贴着宣传画的两双手竟显得特别灵动，雨水滴滴落在静默的舞台上，仿佛是对明日演出的急切呼唤，急得让我们不得不先放下手上的事，对着那看不清表情的天空祈祷“明天千万别下雨”，当时我以为这便是人生的最不容易。然而当我坐上创建办的办公桌，看着桌对面胖嘟嘟的伟哥一天天白头，额头也一天比一天大，还要笑呵呵安慰我“胥静，不怕！我相信我们女监是最棒的”，那一刻我才深知什么叫不容易。因为他不只是在用那颗滚烫的心相信着，更重要的是白天、黑夜，他在榨取这几十年积淀的养分，毫不吝啬、毫无保留地滋养着这份事业，也滋养了我。他用 21 年长情的陪伴让我懂得“功成不必在我，建功必须有我”，这才是最难得。

2018 年，女监的堡坎塌了、围墙裂缝了，洪水也兴冲冲地跑进女监看热闹，就在那时，那一双双分不清性别的双脚蹚着洪水走遍女监的每一个角落，仿佛为女监铸造起一面透明却坚实的盾，牢不可破！女监坚韧，这是最难得。

务实不易，务虚更难！堡坎、围墙用钢筋水泥便可建成，精神堡垒却不能一蹴而就，文化建设便显得尤为重要。如果有一天您看到女监人专注地行走着，那一定是刚开完文化建设会。两年间，女监召开文化建设相关会议五十二次，文化建设实施方案起草二十一稿，设计手稿一百六十四份、名词释义三万余字，从颜色到风格、从文字到内涵，女监细致，是最难得。

全国文化监狱案例申报期间，我和聪哥工作之余的时间全部变成了讨论文化建设汇报片拍摄方案。4岁的儿子坐在我们身边“小大人”式地眨巴着眼，我想，他一定不知道什么是文化，但文化却有益于他！拍摄期间，晋春燕同志从监狱医院护士摇身成为文化建设汇报片导演，我俩在烈日的厚爱下，黑丑到认不出对方；后期制作时，我俩常在凌晨三四点互看一眼疲惫的对方，又继续打起精神对着泛白的电脑显示屏；成片完成时我说“老晋同志，这段时间把你累老了”。她雀跃地打断我说“这段时间我感觉自己特别青春活力，精力无限，这样的时光真好”。女监团队，最难得！

您若问我，这一切的意义在哪里？我会告诉你，答案在毛监狱长立于“自强论坛”讲台阐释女监文化力量时获得的雷鸣掌声里，答案在双手捧着书本的年轻女警淡雅自得的气质里，答案在 4 岁的孩子依偎身旁听我读书的喜爱眼神里！女监自信，这最难得！

女监，我一直为自己能有幸参与成就你的每一次华丽而自豪，如今转念，我才发现，女监啊，是您一直在成就我，成就我们，用爱与包容装载我那并不丰盈的心。如今，你 20 岁了，我会一直带着那君子一诺，做一株藏蓝色的木棉，以树的形象和你站在一起！

千金难买我愿意，心安，这最难得！

■侯　艳

学到老

流行的歌曲，摇滚的音乐，老金微微闭着双眼完全沉浸在豪放激越的伦巴舞曲中，随着节奏摆动双臂，下身配合臀部扭动腰身，已经有些发福的身躯竟然是那样的灵活柔软，像是练过瑜伽。同事纳闷他怎么找来这么多好听的乐曲，他淡淡地笑着说学习呗，脸上洋溢着陶醉的神情。

“学习”这个词好像时不时会从老金口中溜出，不过，他说这话不是作秀，而是真学习。老金不仅善于学习，而且学习能力强。

年轻时的老金开过卡车，当过修理工，技术还不错。这和他舞文弄墨的身份完全不相符。20 世纪 80 年代末，市面上的计算机还很少，可老金却已经能把计算机摆弄得溜溜转，羡煞人也。更让人觉得有些不可思议的是老金还任过单位的团委书记。改革开放初期，流行音乐像一股清泉滋润着人们的心田。大街小巷放的是迪斯科，交谊舞盛行。爱学习的老金很快掌握了跳交谊舞的要领，自然成了主力，他组织了一场场联谊舞会，他在其中的表演非常精彩，尤其是《魂断蓝桥》三步舞跳得最出彩。美女们争相与他跳舞。老金遗憾地说那时人真的很单纯，哪像今天跳舞早就跳到一起了。

别看老金已年过55岁，不论外表还是内心都很年轻。业余时间喜欢写点小小说的同事看到老金的良好状态，开玩笑说："以你为原型给你写篇小小说吧。但是写你什么呢，标题取啥呢?"老金自告奋勇道，标题就叫"老色鬼"！同事捧腹大笑，"怎么能取这个标题呢，你是品行端正的好人呢"。"因为我心里年轻啊"，"我是那种外表看起来色，内心其实很干净的人"。老金这话倒是不假。据说老金在读大学时，一女同学暗恋他，总爱找老金请教这，请教那，找各种机会接近他。尽管老金"色"，但在原则性问题上分得清，界限明，因为他不想伤害自己老家的女朋友，要给她安全感。几年大学生活，老金硬是挡住诱惑，没有做现代“陈世美”。学毕就和女友结了婚。

“大风起兮云飞扬，威加海内兮归故乡，安得猛士兮守四方!”老金有时猛然兴起会摇头晃脑并用他那高亢略带沙哑的嗓音吟诗，神情十分的陶醉而自得。擅长写诗的老金是省诗歌学会会员，不少佳作刊发于国家级报刊，粉丝不少。经常有人慕名前来学习请教，老金都很谦虚耐心地讲解写诗要领。更是嘱咐他人一生不能停止学习，只有学习才能进步，学习中也能找到属于自己的快乐和满足。这不，老金又开始研究健身保健知识了。

老金说自己十多岁的时候父母先后走了，是家中的兄弟姊妹把他带大的，悲惨的经历让人落泪。那个年代缺衣少食，所以现在的老金特别喜欢美食，仿佛要把过去没吃过的给补回来。满足了嘴，可也积累了大量的脂肪，自然“三高”找上了他。为此他很苦恼。一日，有推销“降血仪”的上门，在推销员的三寸不烂之舌的攻势下，平日里不乱花钱的老金居然豪爽地掏出近三千元买下了所谓的治疗仪器。老金说治病也是需要学习保健技能的。这也许是老金唯一一次吃了爱学习的“亏”。

老金有张比较标准的国字脸，皮肤偏黑，架一副银白色的眼镜。老金穿着大多比较随意，但有时也会突然装扮，一下让人适应不过来。有次参加婚礼，他西装革履，打着红色的领带，头发锃亮，仿佛他才是那天的“新郎官”。有时老金穿着双排扣毛呢大衣，围着一条带波点的深黄色围巾，双手插进大衣两边的口袋里，俨然一大学教授，每每这时，他还会秀秀步子，把围巾往后一甩，自嘲道“像不像30年代的革命进步学生”。

老金业余时间还喜欢摄影，摄影水平也是在不断的学习中提高。他说拍摄照片就和写文章一样需要构思，画面不仅要光感色调比例协调，重要的是要突出主题，人物风景等不同题材的拍摄要体现被拍摄物的灵魂，图片才有视觉冲击力和感染力。老金闲暇时也常泡茶馆。为此他拍了一组茶馆人物和景物。其中一张图片特有意境。一张老式方桌上一碗盖碗茶，白瓷盖碗里浅黄的茶汤中倒映着古老的房顶，怀旧的情绪和着茶香悠然飘来，仿佛诉说着作者恬静闲适的生活。不以物喜，不以己悲，真是一碗盖碗茶看人生啊！

有时他老婆戏谑他说，你都这把年纪了，还学习啥，难道还要考大学当高考专业户不成？老金说，活到老，学到老，学习永远在路上，生命不息，学习不止。

听到这话，真是不佩服老金都不行。

■刘智荣

由小墨粒想到的……

“哎!!! 怎么这么顽固呢?”面对很不起眼的、已经干涸的墨汁小颗粒，平日里自认为做事很有耐心的我，那天也无奈地摇了摇头，一声叹息。

那是春光明媚的一天，树木吐出新绿，花儿开得正艳，鸟儿不停歌唱。可是下班后回到家中，发现卫生间和厨房浅色地砖上出现了异样：有的地方好像被画上了一条条黑线，或直或弯，或粗或细；有的地方似乎被画上了一幅幅拙劣画作，或浓或淡，或大或小。

一问缘由，妻子说大约一周前在家里练毛笔字，练完字就把装有少量墨汁的敞口塑料盒放在厨房一角，没几天墨汁干了，呈现出很多龟裂状的小墨块。那天盒子不巧被打翻，墨迹弄了一地。她已经连续清洁了三四遍，还说把她的拖鞋底也刷过好几遍了，就是弄不干净……

我感到十分惊讶，又有点疑惑——不就是一丁点微不足道的墨粒吗？怎么就治不了它？我拿起拖把就一阵“狂舞”，但遗憾的是，先前的墨迹有些是擦掉了，可是地砖上又增加了一些新的。“屋漏偏逢连夜雨”，在厨房和卫生间一阵无效的忙碌之后，我的鞋底也粘上了墨粒，回首走过的地方，一路墨迹！！！此刻，我对“崩溃”一词有了深刻而全新的认识。于是，反复清洗拖把，反复刷洗鞋底，抄起拖把一次又一次地投入到火热的拖地“运动”之中，但收效甚微！有时眼看已经拖干净了，但拖把一离地，或者一抬脚，地上仍然还有墨迹！或者看着已经干净无疑了，但地面一沾水，墨迹又“原形毕露”！看来这些微小的墨粒已经混在拖把的线团里，镶在砖缝中，嵌在鞋底上。

无奈之下，我也只好草草收场，悻悻作罢，把地砖弄个大体上干净即可。剩下的，就交给时间吧。我们能够做的，只有等待，等待一个又一个的下一次——拖地，“不求最好，只有更好”。

果然，一段时间后，经过反复“较量”，墨迹终于去意已决，飘然而去，不再骚扰我们。

由此，我想到了我们的人生。记得小时候，父母和老师都对我们谆谆教诲：要学好人，做好人，积极进取，档案上不能留下一丁点“污点”；否则，这个“污点”会背一辈子，走到哪里都让人瞧不起，抬不起头……

当时似懂非懂，后来长大了，读大学了，工作了，亲眼目睹了身边的一些事，亲身经历过一些事，我终于明白了其中的道理。经过这次与小墨粒的反复“较量”，我更加深刻地见识和领会了“污点”的可恶与难缠。

一个人的档案上有了污点，或者一个人的人生步入了歧途，正如这四散的微不足道的但却异常恼人的小墨粒，遭人唾弃，令人生厌。虽说这些小墨粒最后消散了，又或者受过的处分最终被解除抑或撤销了，但都永远无法抹去它们曾经带给当事人的麻烦、烦恼甚至伤痛，无法挽回给单位、系统乃至社会、国家造成的不良影响和损失。

值此新中国成立 70 周年之际，作为监狱人民警察，我们参加过无数次警示教育，聆听过无数场现身说法，学习过违反中央“八项规定”典型案例，反复学习过宪法和法律、法规、规章制度，接受过良好的教育，成功改造了成千上万的服刑罪犯。此时，我们更应该不忘初心、牢记使命，对标先进，学习楷模，在新时代中国特色社会主义建设和四川监狱系统第三个“五年三步走”中勇立潮头，勇挑重担，全心全意为人民服务，为党和国家做出应有的贡献。

当然，细细想来，凡事都有两面性，小墨粒也并非一无是处，关键是我们怎样对待它。一个人档案上如果有了污点，甚至在人生道路上不慎跌倒，步入歧途，请千万不要因此而灰心丧气、破罐破摔、一蹶不振。“知错能改，善莫大焉。”“塞翁失马，焉知非福。”不论是监狱民警还是服刑罪犯，不管是达官显贵还是黎民百姓，我们都是人，拥有人的基本权利和尊严，法律面前人人平等；无论是谁，我们都要敬畏生命，敬畏法律，敬畏自由，充分发挥小墨粒的长处和作用，小心翼翼地将之聚集起来，在新时代新征程中浓墨重彩地书写成一个又一个大写的“人”，避免将小墨粒打翻在地，自找麻烦。

不是吗？

■兰　梅

金秀才的幸福生活

20 世纪 50 年代，只有 20 岁的金西大学毕业被分配到偏僻的农牧场子弟校当老师。这是高考恢复以来第一批毕业分配来的大学生。学校非常缺老师，许多课都由当时有历史问题的“老就”（刑满就业的知识分子或是国民党军官）暂时代课。他一去就被分配教高一的语文（兼班主任），初一、初二的历史课。

生活是全新的，感受是独特的。金老师说话细声细气，待人温文尔雅。刚站上讲台时，学生（有些年长的学生和他差不多大）在下面提些刁钻古怪的问题，会把小金老师的脸问得通红。学生们私下里给他起了个绰号“金秀才”。

不到两个月，金秀才就和班里的学生打成一片，

他们当面叫他“金秀才”，他也笑眯眯地答应着。

金秀才可讲究了，夏日里总爱穿白色的衬衫，领口永远都是雪白的；穿的布鞋洗得干干净净的，偶尔穿一双皮鞋，永远是锃亮锃亮的。

川西高原的夏季，阳光特别毒辣，每次从教师办公室进教室的途中，他都会戴一顶草帽，仿佛怕毒辣的阳光把自己白净的皮肤晒黑似的。

只有一米六出头的金秀才酷爱打篮球，矫健的身姿在球场上生龙活虎，拍着球左窜右突，不一会儿的工夫就投进了一个球，获得了观众的热烈喝彩。

金秀才是一个多才多艺的老师，能拉一手好的手风琴和二胡。每天放学后坐在寝室外的凳子上拉着手风琴，开口唱着动听的《莫斯科郊外的晚上》《雪绒花》等，旁边围满了他的同事和学生，有时他们也合唱，成了子弟校的一大风景。

金秀才站在三尺讲台上用流利的普通话（当时学校的老师很少用普通话授课的）热情洋溢、口若悬河地讲解着文章。他善于大胆改革语文教学，课外花大量时间备课。

他常常在课外声情并茂地朗读原文，并配上音乐录在收录机里，课堂上放给学生听，从而让学生更能领会作者的思想感情。偏僻的子弟校里的学生第一次经历这种活泼有趣的语文课，从此很多学生的语文成绩提升很快。

初中的孩子最讨厌上历史课了，觉得历史课枯燥无味。可自从上了金秀才的课，大家都喜欢上了历史课。

譬如在讲到“禅让制”时，他会旁征博引，给大家讲“湘妃竹”的故事，同学们听得津津有味，以至大家对每个星期的两节历史课都是翘首以待。

金秀才热爱教育、热爱学生。他多次被评为优秀青年教师、监狱先进个人。他的梦想，飞越田野、河流和山岭，绽放生活和心灵之光，孕育的教育艺术之光，化作天空的美丽彩虹和灿烂星光。

最让大家津津乐道的，也最让金秀才自豪的，是他的爱情。

他的妻子是他当年教了高中三年的学生。据他后来说，当年他一进高一教室的门，一眼就看上了一个清秀美丽的女孩，从此“魂牵梦萦”。发誓此生非此女不娶，默默等待女孩长大。

金秀才耐心地等待着，在女孩高中毕业后参加了工作，才对女孩展开了猛烈的爱情攻势。

女孩对这个金老师的爱情表白很诧异，觉得老师怎么能喜欢学生呢？于是拒绝了他。

金秀才托女孩最好的闺蜜把自己近几年的日记拿给她看。里面感情真挚地写满了对女孩的思念和爱，只是在岁月里等待女孩慢慢长大。

女孩看了非常感动，但总觉他是曾经教了自己三年的老师，怕别人说闲话，再一次拒绝了他。

金秀才再一次展现出锲而不舍、愚公移山的精神并且及时调整了战略战术，改为迂回战术。他每天下午放学后到女孩家和准岳父拉家常，帮助家里做劈柴、喂鸡鸭等等家务活。准岳父本来就挺喜欢这个白净斯文勤快的小伙，在女儿面前说了不少金秀才的好话。

女孩终于同意和金秀才在一起。于是，每天黄昏，在场部和子弟校附近的土路上都见他骑着自行车载着她，她载着风，所有的爱情都朝着风吹的方向荡漾。

多才多艺、文采斐然的他先后被调到狱部教育科、办公室、政治处工作。38 年，从风华正茂的青春小伙到中年，他一步一个脚印。奋斗，人生才能亮丽；前进，人生才能昂扬；筑梦，人生才能无悔！

对于即将退休的金秀才来说，生活是有情的，命运是公平的。回想从教育战线步入监狱政治教育战线，从最初的青涩到获得如此丰厚的精神慰藉和拼搏的快乐，不禁感慨万千，深深体验到，人生只有拼搏、只有深深地扎入生活，才会走向人生的长河，激起多彩的浪花。

■张洲洋

那天的阳光

那是2015年的一天，太阳很大，阳光正好。那一日让我淡化了对监狱坚硬、森冷的印象，于肃穆中寻到一丝柔软、温情。

当时，我还是一名特警队员，门卫室有一位同志因家有急事而告假，领导安排我去顶班。我很乐意，因为入职的激情尚未退却，我很愿意接触新的东西。

门卫室里有两位阿姨，看起来很随和的样子，光是听她们讲解制度和注意事项就花掉了我大半个小时，而且讲完仍旧是一副不放心的样子。门卫室的重要性不言而喻，技术含量不高，但绝不容许一丝马虎，那些心存侥幸而敷衍了事的民警早已把教训说得明明白白。我学着前辈们认真检查每一辆车，每一个人，不放过一丝可疑。这种认真带来的踏实感，让我心安。

午饭时间，有人刑满出狱。AB 门通道内，6 个服刑罪犯站得端端正正，整齐地排成一排。我走上前去挨个搜身，防止一切规定以外的物品被挟带出去。已经满刑的罪犯当然不愿意再出什么篓子，违规违禁品一概没有。我想若是让光着膀子出去，他们也定然喜滋滋的。6 个罪犯有两人手里攥着信封。一位阿姨告诉我个人文字性的东西不能随意带出，所以我还得查查这些信封。

第一个信封很大很厚，属于一个约 50 岁的男人，那人身材不高，微胖。不管入狱前是何姿态，至少在我面前规规矩矩，站得笔直。信封里有几张法律文书，除此之外则是两本笔记本，我大致一看，很是惊讶。两本笔记本的扉页上都写着一句话“不要放弃希望，让时间过得更有意义”，内容则全是从报纸上摘抄下来的有关经济、环保、养生之类的文章，每隔几页有一两篇从报纸上剪下来的新闻被贴在纸页上，间或还有一两幅精美的插图。显然，笔记本的主人是一个很爱学习并且关注时事的人。

“这句话不错。”我指着扉页上的那句话对他说。

他腼腆一笑：“这是刘警官给我写的，我很感谢他。”

我看了他一眼，他正盯着那句话，脸上带着微笑。我没有问他“刘警官”是谁，因为给予他们正确的引导和鼓励正是“刘警官”们每天都在做的事情。我合上手里的笔记本，心想他出狱后一定会比其他人更快地适应日新月异的社会。但遗憾的是，这本子我得扣下。他表示理解，因为他所需要的，已经在他的心灵上了。

第二个信封较薄，但很硬，属于一个三十出头白净微胖的男人。信封内照旧有几张法律文书，除此之外就是一摞照片。照片有全家福，有一个女人的，但出现最多的是一个小男孩。小男孩在照片里从婴儿长成了五六岁的样子。

“挺帅气的孩子，你的?”我随口问了一句。

男人很高兴，脸上笑开了花。

“是的，”他说，“只是我还没有见过，我不想让他看到我穿着囚服的样子。”

那一瞬，他的笑容有些尴尬，仿佛不知道是该笑还是该哭。他紧盯着我手里的照片，佝偻着腰身，一脸恳求，生怕我没收了这些照片。

我还回味在他的那句话里。我想到，一个有罪犯父亲的小男孩，会遭受多少同龄孩子天真的嘲讽？是否如许多老套电视剧情一般倍感委屈？怀着这种想法再看眼前这个年轻父亲小心翼翼的样子，我突然有种踹他一脚的冲动。如果在犯事前能想到自己给家庭和儿子带来的伤害，如今又何至于出去以后在懵懂儿子面前希冀着讨一声亲切的“父亲”。

我把相片装入信封递给他，说：“你没尽过父亲的责任，出去以后请好好补偿他。”他一瞬间红了眼眶，用力地点了点头。

这些犯了罪锒铛入狱的人，若是淡化其曾经造成的伤害，如今也着实成为可怜之人。倘若能依着亲情、爱情、法律和狱中的改造使其重返正途，那我们正竭力而为的事就算有了值得欣喜的成绩。这是一种未必能百分之百达成的期待，但值得期待，希望人们包容他们已经付出惨重代价的不堪过往，至少不要故意苛责。若是他们走到哪里仍不被原谅，仍受尽冷眼，又与身处狱中有何区别？那样的自由世界只是一所更大的监狱罢了，况且还留下了更多犯罪的空间，还滋生出更多本可避免的愤懑。

一阵电机的嗡嗡声打断了我的思绪。手续完毕，大门打开了。

一群兴奋的人兴奋地迈出了大门，向着前方走去。那里有一群同样欣喜万分的亲人和朋友正在翘首以盼，明媚的阳光将他们的身影涂上了一层金黄色。

我看到一个年轻女子牵着一位五六岁的男孩扑向了那个信封里装着照片的犯人，不，扑向了那个男人。她张开双臂作势要抱，嘴里却绷不住号啕大哭，临到面前，似又想起这些年遭的罪，就举起纤细的手，用拳头不断地打在男人的胸膛上，忘了一开始想要抱的冲动。

但男人还记得。

他一只手揽过女人，另一只手想要搂儿子，可惜儿子怯懦地后退了两步。他只能收回手，脸颊紧贴女人的头发，将她用力地抱着，不知是哭还是笑。

我看着他们，直到A门重新关闭。

阳光从渐细的门缝中照射进来。我看见那天的太阳很大，阳光正好，金色的阳光除去了这群重获自由的人身后的阴暗。

■孟　欣

40年，我们共成长

1978年，我的父母十几岁，却已经是奔跑在麦田与林地，山间与河流的劳动青年。

1994年，我的姐姐已经是骑在爸爸肩膀上哭着闹着要去县上唯一的百货公司买红色灯芯绒背带裤的调皮小孩。

2018年，我已经是一位参加工作一年的监狱人民警察。

改革开放40年，我的长辈、我的父母、我，是成长者、是经历者、是见证者，我泱泱华夏的中华民族，却是历史的改革者，时代进步的推动者，人民的幸福创造者。

我是“95后”，上大学之前我一直生活在农村，而我所在的小县城处于城市和草原交界处，那里经济并不发达，晚上，星星的光亮会盖过道路两边零星的灯光。

改革开放已经 40 年，这 40 年来，我家的成员在不断增减，家庭风貌也在不断改变，而我真正感受到变化和差距，也是在生活的一点一滴。

1989—2017 年，我家迁居五次，远胜“孟母三迁”，先后入住泥土房、木架房、砖瓦房、小区楼房，住房面积越来越大，住房质量也越来越好。对于父母来说，他们在不断地经历着生活的变迁，而我也随着家里搬迁、生活的改变，多次转学。

从我出生到记事，我一直都和奶奶生活在农村。记忆中的老屋，简单而古朴，那一排排土坯垒成的墙面，麦秸铺成的屋脊，带来了泥土的芬芳和儿时对生活的憧憬。爷爷辈的那一代人，劳作了一日，回到了冬暖夏凉的土屋，抽一袋水叶烟，散去一天的疲劳。在那个淳朴的年代，在他们的灵魂里，对土地的依恋宛如婴儿对母亲，日出而作，日落而息。但在大集体的日子里，仅仅解决了温饱而已，根本没有多余的钱去改善生活和居住条件，那个简朴的土屋，迎接了我父亲的出生和多年之后我的到来。而现在，这所有的一切都成了永恒的思念。

改革开放犹如一声春雷，唤醒了沉睡的土地，父亲和他的兄弟们接过儿时被当作“对战武器”的锄头，在自己的土地上开始了火热的耕作。他们用自己勤劳而略显稚嫩的双手开始创造自己的新生活，对他们来说，对他们这辈农村青年来说，建房盖屋是致富的首选出路。于是，一排排抹上了水泥的红砖青瓦房渐渐出现在田野路边，取代了那昔日的土房，让潮湿的泥土味变成了舒适而干燥的空气。

2008 年，由于地震，我回到了父母身边，随着抗震安居工程的开建，那被地震摧毁得破败不堪的砖瓦房，承载了三代人深刻记忆的老房子彻底消失，在政府的帮助下每家每户都盖起了小楼，建起了屋顶花园，住得更加宽敞明亮，也提高了生活的质量。

2013 年，我从川北山区来到了涌动着激情和梦想的热土，来到了四川对外开放的“东大门”。在这里，我每天伴随着校园广播见证着“中国梦”的一点点实现，金砖峰会相约厦门，G20 峰会在西子湖畔为世界经济开辟新愿景，“一带一路”国际合作高峰论坛在中国举办，香港回归 20 周年，一个个振奋人心的消息使我们的生活如芝麻开花，发生了日新月异的变化。

2019 年，我已经是一位参加工作两年的小青年。两年，也许不算长，但对于我却是一次跨越性的发展阶段。我对监狱最初的认知来自我的父亲。1982 年，17 岁的父亲成了云南小龙潭监狱的一名驻狱武警，1984 年，父亲因故退役。2018 年，当父亲作为民警家属走进监狱时，干净有序的现代化监狱面貌让他想起一双胶鞋奔走在高山密林和农场时的炽热青春。

40 年，在岁月长河中似弹指一挥间，但对一个人来说，能有几个四十载？抚今追昔，峥嵘岁月，40 年，父亲那辈人把他们的青春、他们的热情、他们的爱、他们的一切给了我们和他们热爱的那片土地。这 40 年，祖国跨越式的发展让我们感受到了太多的变化和惊喜，我们的生活由贫穷变温饱再到富裕。而我希望每一个怀揣梦想的人，都能带着前人奋斗的成果，越走越远……

小小说卷

身穿藏蓝衣服的他们，从一开始的青春稚嫩，日复一日、年复一年，到后来有些人满头白发顺利退休，有的人积劳成疾落下难以治愈的病痛，有的人牺牲在工作岗位……他们来了，又走了，留下了热血与青春，留下了对党和人民的忠诚炽热的心。

——《来了，走了》/袁柚桢

■许华忠

王小二想服刑

下个月，王小二就要刑满了。几乎所有罪犯一进来，想的就是这一天。王小二却高兴不起来，他想继续服刑。

他向监区打报告，说想延迟一两个月再回去，理由是他觉得自己没有改造好。他觉得，监区应该同意。监区怎么会不同意呢？两三年了，他与监区那么熟，几乎无话不谈；监区那么希望他改好，甚至不惜到他老家帮助解决了他女儿的读书问题；监区甚至还撮合他与一家公司签订了意向性就业协议。

监区要是不同意，他就——给监区点厉害瞧瞧：随便编一个故事投到检举信箱里，给监区冒一个陈三想跑的泡儿，再不济在车间把瓷器打烂用瓷片在手腕上划一下……王小二有的是办法。每一个办法都会让监区喝两壶的。千万别把人逼得忍无可忍，退无可退。王小二希望，还是不要闹太僵了，毕竟他知道，监区还是真心为他好。

就说那夜他突发急性阑尾炎，大汗淋漓，疼痛难忍。监区向监狱告急，深更半夜里还专车把他送到病犯医院动手术。监区长更是一路陪伴，一夜没合眼。第二天还专门派人来陪护他，给他买水果，帮他擦洗身体。后来，他还听说，为了减轻伤痛，避免疤痕难看，监区长还专门给医生叮嘱，创口不要开大了。当然，其他的，不说也罢。都是让人从心底感动呀！王小二有时觉得，监区好多人不是亲人胜似亲人。

其实，王小二原来最怕的就是监狱。小时候看电影，看到徐鹏飞整江姐，可不是一般的狠。后来，听隔壁在劳改队里待过的李大爷摆（方言，谈论的意思）监狱，说干部都是凶神恶煞的，狠得要死；劳改都要进煤洞子，怕得要死；啥子都得自己干，累得要死；减刑都要找关系，歪得要死；衣服上都是斑马条，难看得要死；走一步都要打报告，烦得要死。每次李大爷都把他摆得头皮发麻，手心出冷汗。只是李大爷讲的时候却是绘声绘色，怎么也看不出苦大仇深。王小二对监狱的心理阴影面积却随着年龄增长。

当王小二犯事坐牢的时候，他铁了心要做一颗煮不烂砸不扁咬不破化不了的钢球。可是都不在洞子里服刑了，也不见哪个干部找晦气，车间劳动一般不过八小时，要想学点手艺，比如说自己想学青花瓷制作，连学费都不用缴，还是大师指导！至于说减刑，嘿嘿，他王小二要有点反对意见，想减刑的罪犯尾巴都要夹紧！王小二觉得自己就算再二，也不能二得当过街老鼠。监狱是咋样的？真是谁进来谁知道！

哎呀，只可惜以前戒心过重。到王小二真正发觉青花瓷制作这玩意儿以后可能在社会上挣钱的时候，等他终于发现监狱里组织的刑释招聘会有公司真的想招他的时候，他才顿悟，他的青花瓷制作在冰润性、丝滑感、亮泽度上和师傅相比总要次点。他想要找到原因，可师傅说这个要看他的制程，要现场的点化，要时间来开悟。王小二最等不起的就是时间——出去了，谁来教他？

监区当然没法满足王小二的心愿。刑期不是小孩子过家家。王小二说他自愿服刑，与法律无关，自己可以立下字据按个红手印。王小二说他就是想把青花瓷制作学透，绝不给监区找麻烦。王小二说监狱为了他改造，解决了他好多难题，这个难题也应该可以解决。王小二说他如果达不成愿望，他也不能保证自己能不能平安走出监狱 AB 门。

可监区说，触犯监规就要受处理，再犯罪就要加刑，都不可能再在本监区服刑，都不可能继续学青花瓷了。王小二说不动监区。却被意外地告知：他的释放日期提前到下周了。原来国家实行特赦，王小二恰恰符合条件。一时间，王小二惊诧、愤怒、失望，真是无以言表。老天怎么偏偏就要和他作对呢？怎么好事到他这里都成了坏事呢？

刑满那天很快就到了。监狱的铁门缓缓打开，王小二慢慢挪着脚，看着早已在门口等他的妻子和女儿那一刻，他决定要再在监狱坐几年：学不到青花瓷也要学点别的。免师资费、教学费、场地费、材料费、食宿费，免了一切费。你以为王小二真傻?!

正当他这样想着的时候，监区领导来叫他回去：他被签约公司指派作为技术员跟班师傅，在监狱里见习 3 个月。

■田洪元

会　见

一

我坐在办公桌前发呆，没注意到有人走到身后。

“小田，在想女朋友?”

“嗯，啊?”我吓了一跳，回头一看，是杨指导。他笑道：“我要是个犯人，你娃今天就惨了。有个事，要麻烦一下你女朋友。”

“什么事?”我打起精神问道。

“这害人的贼儿子!”杨指导坐下来往后一仰，破藤椅“嘎吱嘎吱”地痛苦扭动起来，“上午王贵洪去会见家属，结果他老婆甩下两个娃儿跑了。现在把两个娃儿带回中队了。”

“有这事?”我走到门口往外一瞧，果然，一大一小两个脏兮兮的孩子，正站在厨房门口啃着馒头。王贵洪蹲在一旁，端着一碗水，不时地喂两个孩子一口。其他犯人远远望着，有的兴奋，有的好奇，有的则一脸淡漠。

“他们妈就狠得下心来?”我不由得气愤起来，“自古就没有老子坐牢、娃儿跟着坐牢的事。”

“还不是穷慌了。王贵洪他老婆在家一人做农活，又带两个娃儿，还经常遭村里人歧视。王贵洪刑期又长，唉!”

“那现在怎么办?”

“我打电话找了何大队，他叫管教股给当地联系一下。这一来二去，总要几天时间。要都是男娃儿还好说，问题是那个女娃儿。队上又没有女干部，家属区远在山下大队部。所以，想来想去，就想让你女朋友带两天。”

我一下子支支吾吾起来：“这个，这个……”

“就是白天带在外边耍一下，晚上两个就在干部值班室睡，不影响你两个。”

“不是这个意思，指导员。”我脸一红，“她昨天一来，就说这地方太偏了，条件太差了。她待不下去了，明天一早就要走。”我难堪地低下头。

“是这样。”杨指导的黑脸更黑了，他抽了几口烟，看着我突然一笑，“正好两件事一起解决。我去找她谈谈。”走到门口，他转回来，从上衣口袋里掏出两张皱巴巴的10元“大团结”：“这个月工资又要拖到下月。你先拿着，女朋友来了，可不能小气。”

我忙推辞：“不用！不用！我还有钱。”他把钱塞给我：“你才工作，有几个钱？不着急还，就当你两个结婚，我提前送礼了。哈哈——”

杨指导不愧是做思想政治工作的，我那女朋友答应留下来帮忙，把我也高兴坏了。第四天，杨指导找到我，说王贵洪的姐姐同意照顾两个孩子。他叫我送他们回家，顺便送一下女朋友。

走时，事务长递给我一叠钱：“你数数，这是中队捐的466块，有犯人的366块。”杨指导一笑：“366？真巧，三个人，六六顺。”

杨指导找了一辆拉煤的货车。一路上，女朋友都在和两个小孩说话，看起来就像他们的大姐。到了县火车站，已经过了中午。

我送她上了车，她幽幽地叹了口气：“以前只听说劳改犯恼火，劳改犯的家属恼火。这次来见你，才晓得劳改干部也恼火，劳改干部的家属也恼火。”

火车鸣笛了，我才反应过来：“有你的理解，我一点都不恼火。”

二

十多个监控画面看久了，我开始眼花走神。想着昨天上午开会监区长通报的事情：同一个城的兄弟监狱有个罪犯自杀，监狱长写检讨，监区长“下课”，当班民警给处分，等等。

“唉，现在这监狱警察不好当了！”我叹了口气。满以为下了山，进了城，这么高的围墙电网，犯人插翅难逃，上班会松活点，哪晓得压力更大了。其他监区咋样不知道，监狱搬迁到城里的头一年，来这儿的罪犯明显增多。也难怪，以前罪犯是分散在各监区，室外劳动惯了。现在都集中在室内做手工，有些家伙肯定不自在，免不了发生口角、抓扯、打架的。只是苦了我们在禁闭室值班的，万一当班出点事，真的是吃不了兜着走。

“笃、笃。”有人敲门，我打开门，五监区的王管教笑着问我：

“我们监区那个胡非这几天咋样？”

“不咋样，态度很不好。”

“那我找他谈谈。”

“你等会，我先把人带到审讯室。”

胡非二十出头，人高马大，一脸的桀骜不驯。开饭时一个犯人不小心撞了他，他就直接一拳把人打倒，后来鉴定是轻微伤。民警处理时他还当众出口辱骂顶撞。监区直接报了 15 天禁闭。

王哥盯着他，慢慢说道：“本想等到你在这里面再待个两天，我再来找你谈。”

胡非眼神冷漠，嘴角一撇，好像没听到。

“知道今天是什么日子？”

“关我禁闭的第 5 天，离我满刑还有 7 年 8 个月 25 天的日子。”胡非满不在乎地答道。

“唉，我看你是坐牢坐糊涂了。”王哥从衣服口袋里掏出一张纸条，隔着栏杆递给胡非，“你看看。”

胡非随手接过纸条，瞟了一眼，突然把脑袋凑近纸条，然后抬起头，眼睛急切地望着王哥："王警官，她、她还没走？"

"就在围墙外的一个小山包上，如果你个子够高的话，视力够好的话，从这个窗口望出去，可以望见她。"

胡非"呼"的一声站起来，谈话室墙壁上的窗口又高又小。他望了半天，才无奈地坐下来，用戴着手铐的手捧着脸，肩膀抽动着，小声地抽泣起来。突然，他"扑通"一声跪在地上，头朝着窗口，重重地磕在地上，发出一声痛苦的哀号："妈，我对不起您啊——"

我从胡非手中拿过纸条，上面写着：

非儿：

今天是你21岁的生日。妈妈一大早就到了。结果听说你违规了在关禁闭，不能会见。就写了纸条托警官带给你。妈妈在外面陪你一会儿再回去。你要好好听话，早点出来。

等你回家的妈妈

我看了，瞪了一眼还跪着的胡非："二十多的人了，该懂事了!”

王哥叹了口气：“胡非，开始我说了，我想过两天来找你谈。但是看到你妈的纸条，我今天稳不起了。”他苦笑了一下：“现在多的也不说了。你回去好好想一下吧。我还得出去劝劝你妈早点回去。天气这么闷热，莫中暑了。”

三

春节快到了，每天来探监的亲属比平常多了很多。所以平常半个小时的会见，不得不压缩到 15 分钟内。

邹卫东老婆以前来，都很注重仪表，这次却一脸憔悴。她说：“昨天晚上，半天睡不着觉。凌晨两点左右，窗外又起了风。那风在窗外吹啊吹，呜呜的声音，就像进不了家的人在哭一样。”

邹卫东等她情绪缓和了，缓缓说道：“昨晚，这里面也起了风。风就在高墙内吹来吹去，就是出不了铁门，一整晚，呜呜的声音，就像回不了家的人在哭。”

邹卫东的老婆呜咽起来："你都坐了三年了，一天刑都没减?"

邹卫东苦笑了一下："现在，中央政法委出了个五号文件，我这种类型的，减刑、假释都要从严。"

邹卫东老婆声调更高了："我、我一个人，要这样过、过、过十多年?"

沉默片刻，邹卫东痛苦地说："我想通了，尊重你的选择。"

我对一起带押会见罪犯的小马说："后面会见的晚点带上来，让他们见够半小时。"

小马犹豫了一下："人家都只有 15 分钟，现在对职务犯管理严得很。你不怕遭?"

我叹道："唉，两口子要离婚了，能多谈 1 分钟，就多 1 分钟吧。"

■张学英

月光如银

月光如银。

许胜蹲在父亲墓前，仔细端详墓上泛着幽幽白光的相片。父亲军帽映衬下的脸庞在夜色中有些模糊，但他能记得。父亲的眼神威严而平静，似能退却一切凶煞。许胜笑了笑，起身离开。

父亲在许胜 6 岁时接到部队紧急指令，回家简单道别后，一头扎进门外暮色中就再也没回来。

那是 1979 年，许胜记得很清楚，父亲突然把他拉到卧室，紧紧抓住他的小手，瞳仁紧锁着自己的脸，让他一定要出息。许胜有些发愣，慌忙点头，父亲便风驰电掣般消失了。

不想这些了，回家还要看看老婆儿子呢，监区人手紧，已经连值几天的班了，监管区内又不能通电话，许胜心里有些愧疚。后天又要上班，明天要好好陪陪老婆孩子，还要去看看母亲，时间真是宝贵得很呢，许胜心里盘算着，给母亲打了个电话。

上车，回家。

电视里还咿咿呀呀唱着歌，老婆孩子却在沙发上睡着了。许胜关掉电视，蹑手蹑脚地踮脚走进卧室取被子给母子俩盖上，疲惫地一头栽倒在卧室的床上鼾声大作。

第二天，许胜母亲大清早就出去买菜了，老人家听说儿子要回来直乐呵，打电话让许胜一家子中午来吃饭。许胜睁开沉重的眼皮，许诺后又睡了过去，多久没这样安稳地睡一觉了。

饭桌上，其乐融融。老母亲不停地往儿子、儿媳还有孙子碗里夹菜，高兴得嘴都合不拢，许胜眼睛湿润了。吃完饭，妻子陪儿子去上课外辅导班，留下他和母亲在老屋里。

许胜已经知道接下来会发生什么了。洗了碗他径直走进卧室，熟悉的一幕映入眼帘：母亲坐在床上，戴着老花眼镜，不停抚摸着父亲年轻时的黑白照片，镜玻璃在暖阳下熠熠生辉。母亲又在自顾自地喃喃细语，许胜坐下，揽着母亲的肩膀。

“你爸年轻时可能干了，隔壁和他一起出去的顺子，回来都说他打仗勇猛得很呢!”老母亲微笑着说，“你爸也真是傻，咋就不懂保命呢？舍下我俩孤儿寡母的，没依没靠地过大半辈子，真是造孽啊。”老母亲又开始抽抽搭搭的了。许胜把母亲往自己怀里一揽，说：“刚才你还夸我爸能干呢，我爸是战斗英雄，你不是叫我好好表现，不要给他丢脸嘛!”老母亲破涕为笑了。

下午，许胜接到老同学李立打来的电话。

“咱兄弟俩好久不见了啊？今天几个老搭档总算盼到你有空了，我刚下班，赏个脸过来打场篮球，咱比试比试?”

“你小子消息灵通啊，行，让你输得心服口服。你在哪?”

“老地方。”

从球场里出来时，已月光如银。

突然，一阵女性凄厉的喊声划破了夜空：抓住他，我的包！紧接着一个黑影从旁边窜出来，拼命往前跑去，职业敏感让许胜心里一沉：遇到劫匪了。来不及多想，追！即刻向黑影冲了过去。

月光迎面而来，这场景有些熟悉，唤起他心中复杂的感情。一定要抓到歹徒！许胜攒出浑身的劲猛追不舍。

前面没路了，黑影就在眼前，伸手就可以抓到。黑影急转过来，手臂迅速一伸，许胜猝不及防，腹部一阵剧痛，疼痛让他瞬间清醒，这才看到歹徒手里竟是半米长的尖刀！许胜强忍住痛，一把擒住歹徒持刀的手腕，黑影猛一挣脱，又疯狂地挥刀刺向他胸口，刹那间，许胜仰面倒地，恍惚间，一阵警笛由远而近……月光开始变得模糊不清，许胜不知道这是因为泪水还是晕眩。一切都晚了，爸，没出息的儿来看你了。许胜闭上了沉重的眼皮，再也没有力气睁开。朦胧中，黑雾聚拢来，又散了。

月光如银。两块墓碑相隔不远，同样散射着幽微清丽的月光。两个碑上的年轻人眼神格外坚定，似能震慑一切凶煞。

月光又如银。

■孙　斌

回　家

打开贴有龙二编号的水杯，从里面窜出的浓烈馊味差点把莫管教熏了一个跟头。

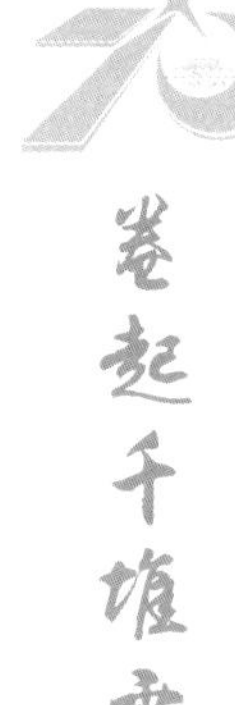

还有一个星期，龙二就要满刑了，搁在别的犯人那里，要做的事很多，联系工作啊，和家人约时间啊，和同改道别啊，不是欢天喜地就是忧心忡忡，只有他，每天围着花台里那两株茉莉转来转去，仿佛压根不关他的事。

这两株茉莉，是莫管教自己花钱，专门给龙二买的，一共买了三株。

龙二进来的时候，很狂躁，根本不听任何人的话。作为一个年近七十的老犯，还有轻度的智障，监狱也没有任何办法，只能安排一个劳动力弱一点的年轻犯人，天天跟着他，按时给他喂药，哄着他保持个人卫生。龙二始终不明白的是，为什么种了几棵草药就会被弄到这里来，成天嘟嘟囔囔地要回家。一天，监区发放生活物资，大门打开，龙二自顾自地就走出了监区大门。正当他努力地辨认着家的方向，迷迷糊糊不知道该往哪条路走的时候，正在巡逻的监狱特警像老鹰抓小鸡一样把孤零零站在围墙根的龙二扔回给了莫管教。面对这么一个神志不清的罪犯，莫管教也只有苦笑。

护理龙二的罪犯说什么都不愿意再看护龙二了。本来自己劳动力弱，减刑希望就小，满指望着能够协助干点事加点分，谁知道分没加上还被倒扣，搁谁也不高兴。莫管教好说歹说恩威并施地做通了那个年轻罪犯的工作，回头看见龙二和那一群东倒西歪的老弱病残犯，又犯起愁来。

这天，监狱安排给各监区绿化带换植物，龙二蹲在边上聚精会神地看着。一棵黄花槐刚栽下去，龙二一路小跑一把就给它拔了起来。带队的民警正要发作，只见他抖了抖黄花槐根上刚沾的泥土，手脚利索地扯下一个塑料袋来，这才重新把小灌木放回树坑里。原来栽树的罪犯们马马虎虎，忘了把保湿的薄膜撕掉，这样栽下去的树是成活不了的。正巧路过的莫管教脑袋里突然冒出一个想法。

在连比带划地交流了半个小时以后，莫管教知道了龙二是种庄稼的一把好手。年龄大了，种不动了，就在自家的院子里种点小菜葱蒜。相濡以沫的老伴患了重病，成天在床上哼哼唧唧，龙二不知道从哪里听说鸦片能治病止疼，在集市上一个摆摊的贩子那里买到些种子，撒了半分地。花开的时候，妖艳异常，异香扑鼻，被下乡检查的县禁毒办主任逮个正着。看守所里关几个月，老伴还吩咐着儿女来看了一次，后来收了监，老伴撒手走了，儿女也不来看他了，越发的痴呆了。

莫管教就决定给龙二买几棵植物，让他有点事做。莫管教自己喜欢茉莉，那种淡淡的香味就像监狱人民警察的奉献，任性却不为人知地散发着。

三株茉莉放在龙二面前的时候，龙二眼里绽出了光，这熟悉的叶子让他想起了自家小院的茉莉，想起老伴闻着茉莉花香沉睡的样子。在年轻罪犯的帮助下，在监区一个背静的角落里，三株茉莉很快就迎风摇曳。

可是监区的土太瘦，刚栽的花需要施肥，不多久一株弱小的茉莉就夭折了，龙二偷偷地把饭给捣碎了，藏在水杯里，按照农村的叫法，这叫沤肥。水杯给肥占了，龙二只有用手接水龙头的自来水喝，这个情况很快就被年轻罪犯反映给莫管教。打开贴有龙二编号的水杯，从里面窜出的浓烈馊味差点把莫管教熏个跟头。

渐渐地，两棵茉莉发出新芽，打上了花骨朵，龙二也该满刑了。他不急，可莫管教急。这样一个老人，连回家的路都不认识，出去后怎么生活呢？打了几个电话，家里人都不愿来接。七老八十的还蹲监狱，让孩子们在乡亲面前抬不起头来，都不愿管。正巧莫管教出差到了龙二家附近，专程找到了龙二的女儿，见面只问了一句：你知道他种鸦片是为了什么吗？龙二的女儿沉默了一分半钟，眼泪流了出来。

这天是龙二满刑的日子，莫管教送他。龙二手里提着装有一株茉莉的蛇皮口袋，不住地回头看。曲曲折折的围墙和监舍遮住视线，留下来的那株茉莉他早就看不见了，那淡淡的花香他却一直能闻到。

■侯　艳

一盒酸奶

离超市门口几米远处，王阿姨的脚步逐渐慢了下来，她突然犹豫着该不该为手中的一盒酸奶与超市理论。昨晚在家中储蓄的旺盛斗志和前后演练多次的慷慨陈词一下子变得如天边云丝一般轻飘飘的了。脑子里居然浮现出十多年前在超市购买商品时明明是商家问题，却因自己拿不出证据也理论不过而吃哑巴亏的情景——就是那一幕，使王阿姨的心开始忐忑，脚步变得铅一般沉重起来了。

她还是不甘心。记得社区“3·15”法制宣传员的激昂陈词：《消费者权益保护法》颁布二十多年了，依法治国的大好形势已经形成，人人学法守法遵法，但同时更要拿起法律武器维护自己的合法权益……社区群众听得热血沸腾，纷纷咨询有关在购买商品中遇到的闹心事该如何解决。王阿姨暗自给自己打气，不是为了一盒酸奶，而是作为一个普通市民也应该为咱国家推进依法治国进程做出自己应有的贡献。王阿姨猛然觉得自己身上的使命感如雨后春笋一般拔节，催动自己的觉悟一下提高了，甚至为自己感到自豪。

一盒酸奶的故事是这样的：前天，她在超市买了两盒酸奶，昨晚在使用第二盒时发现了异常情况。她刚把酸奶拿到手上，准备剪开小口倒出酸奶，结果酸奶一下喷洒出来，溅到地上、衣服和鞋面上。咋啦？王阿姨一时摸不着头脑，还没开袋，咋会这样呢。她拿着酸奶盒仔细看，发现酸奶盒横面有整整齐齐的一条口子，不注意还真看不出来。她想这盒酸奶包装是如此状况，那之前喝的和以后需要买的酸奶会不会都有问题呢？王阿姨的心一下子悬了起来。多年来，在市场买到伪劣假冒产品也不是第一次，但往往受制于钱物当场点清，离柜一概不认的交易规则，只得自认倒霉。

她曾经看过电影《秋菊打官司》，被秋菊不畏权贵坚持从乡镇到县市再到省城告状的勇气和坚韧所感动。虽然只是一盒酸奶，但思来想去，她决心向秋菊学习，决定为合法权益而战。王阿姨做的第一件准备工作是学习《消费者权益保护法》。她马上找来《消费者权益法》仔细阅读，认为符合第二十三条客户购买了有瑕疵商品属质量问题的，商家理应调换或赔偿。找到了依据，王阿姨信心倍增，在家里反复模拟到店家诉求的场景以及如果陷入被动该如何反击等。战斗还没打响，王阿姨感觉自己胜利的号角已经吹响。

验证自己勇气的时刻到了。平时睡到自然醒的王阿姨，这天早早地起床了。她特意穿了件象征胜利的红色衣服，特意地化妆打扮以增强自信心。然后，手拿那盒破损的酸奶向超市走去。虽然在超市门口有过片刻的犹豫，最终她战胜了自己，脸上浮现出果断的神情，大踏步跨进了超市。

“请问你们店的负责人在吗？”王阿姨一脸严肃，昂首挺胸，语气坚定。

“您好！请问您有什么事吗？”售货员满面笑容，略带迟疑，热情迎接。

“看看，你们店卖的商品有问题！”

王阿姨一边说一边把手上的证据放在收银台上，眼睛盯着走过来的服务员，想听对方到底怎么辩解。服务员看到了那盒酸奶，只用目光瞟了一下，根本没有伸手去拿过来看一看，就和颜悦色地说：“马上换，马上换。”

服务员的举动完全出乎王阿姨的意料。眼前的与往日不同的际遇，使得王阿姨愣住了，竟一下子语塞，前期精心准备的台词如子弹一般堆在嘴边上，居然一句也没能射出去。那一刻，她多么希望能来一场短兵相接的唇战啊，仿佛这才不负昨晚的刻意准备。

“这是给您换的，请拿好，您还有其他要求吗?”

“没，没有。”王阿姨低头，不知该说什么好。

“好的，您慢走，欢迎下次光临!”

抬手拿起服务员调换好的酸奶，王阿姨梦游一般出了超市，回家的路上，她感到心中满是酸奶的味道……

■沈前祥

缘

小张指导员来电话说，他想请我帮一个忙。

我说，只要我能。

他对我说，你能的，这就看你愿意不。

我正想问他是帮什么忙，突然电话上听不到他说话的声音了。他那边，似乎有人在找他说什么。我隐隐约约听到，该去岗楼上岗的那位战士病了，是他在说，他去顶吧，电话挂了。

他也是……办啥事都那么风风火火的。他心目中，大凡小事总要让位于大事，顶替战友上岗看守押犯，绝对要比找我帮忙的事重要得多。我想，他从来都是这样的。好多写他的材料，我读到过。

这个小张指导员是驻我们监狱的武警指导员。说

真的，连我自己也搞不清楚为啥，有好长时间，几乎每天我都想能看到他，哪怕是远远的，只要能看他一眼，这一天我心里就踏实得多。但我不承认这是我爱上了他。他的长相、个儿，差我一大截呢。嫁他，会委屈我的。但我又总在想，为什么他总是那么固执，非要到我心里来占据一个位置不可。是他上岗执勤时目光威严震慑罪犯不敢有邪念，还是上岗执勤下来又与监狱警官一起钻到监区着意引导罪犯悔过自新，重新做人？是他与我们在一起时谈吐幽默，还是他不管分内分外的事总要抢着干？真的，我说不清楚为什么，他的影子总是在我心头闪，尤其是这半年，我老是怕他转业离开我们，他的家可是在大都市，离开地处小县城的监狱，显然很值。

时间一天一天地过去，看样子他转业也将成为事实。一天，他突然找到我说要征求我的意见，说他转业就要求留在我们监狱，还说大城市是好，但他感觉他的心已留在这儿了。他说他不想唱高调，纯粹是因为人家在监狱这群干警里，为他介绍了一位女友……

这女友是谁呢？这几天我在想在猜，最后我把目标放在了狱政科的小华身上。小华是大学生，他和她泡在一起写一篇罪犯改造心理方面的论文，二十好几天，几乎形影不离。小华多漂亮，监狱公认的，她比我更具优势，她毕竟是大学生，还是名牌大学的呢。我想，小张指导员准是要我为他当红娘，想到这儿，我心里不知咋的，有一股说不出的滋味……

突然，电话又响起来，握着手机一听，是他，我紧张了，谁知他在那头更紧张，他吞吞吐吐：“人家为我介绍了一位女友，我很喜欢，我想请你帮忙给促一下，据说她一切都听你的，关键在你那儿……”

“是谁？……”我不希望他说的会是小华，心跳得咚咚的。

“是……她这时就在与我说电话……”

我的脸陡地红了。这个鬼灵精，我知道了他说的是谁。心头……

■高　雁

春　生

1997 年

“春生娃！春生娃！你的信到啦！”邮递员背着邮包费力地爬上春生家吊脚楼，木制的楼梯经过多年的风吹日晒，一有人走上来就嘎吱作响。

“放牛去咯，啥子信哦？”春生爷爷放下手里剁猪草的大刀，牵起衣角仔细搓了搓手上的草浆，从邮递员手中接过一个大红的信封。

“录取通知书！杨大爷！春生娃考上啦！咱村儿终于出大学生了！”邮递员难掩心中的喜悦。

“考上啦！哎呀，谢天谢地，谢天谢地！我马上去喊他回来！”话没说完，春生爷爷跌跌撞撞地朝后山跑去。

后山坳水涧旁，知了执着的鸣叫声带着未散尽的暑热催得人昏昏欲睡，大水牛悠闲地在坡上吃着草，牛尾巴不时扫一扫身后的蚊子。春生坐在一块大石头上看报纸，中午只吃了两个冷红薯，现在他的肚子已经饿得咕咕叫。报纸是春生爸爸从村小拿回来的，春生爸爸是村里的第一个高中生，1973 年高中毕业后本来可以做村会计，但那时的石门村村小没有老师，春生爸爸主动放弃了会计的工作到村小教书。

一开始村小只有 9 个学生，穷山沟里都靠种地求生活，十来岁的孩子已经是干农活的好手，没有几家愿意送孩子读书“吃闲饭”。春生爸爸当上村小老师后，挨家挨户地上门劝老乡送孩子读书，有的学生家里实在拿不出钱来，春生爸爸就主动用自己微薄的工资垫付学杂费。就这样，读书的孩子越来越多，石门村终于摘掉了“文盲村”的帽子。读书的孩子虽然多了，但大多读完小学就南下广东打工挣钱，国家恢复高考这么多年，春生是第一个考上大学的。

2000 年

天将黄昏，杨老师抱着一沓作业本回到家里，一进门就看到堂屋里大包小裹地摆了不少行李，春生正和爷爷聊天，屋里还堆满了昨天新收的土豆。

“春生娃，你好久回来的哦？”

“爸，我……我辞职了。”

“啥子哎？！”老杨差点没站住，“你！你个混牛儿！千盼万盼盼你读了大学能在城里安家，你给老子辞职了！你是不是要气死我！”老杨抄起扫帚就要打。

“爸，爸，你听我说！我都考虑好了，我要回来种梨儿。”春生一边躲一边喊。

“种梨儿，你说种就种哦，你种了几天地，你懂个啥子嘛！”

“爸，你听我说！咱村几代人种梨儿，都是靠天吃饭不懂科学技术。大学我专门学了农学，为的就是学成以后回来发展咱石门村。国家现在也鼓励大学生回乡创业！咱村‘乱石窖’昼夜温差大，气候和土质独特，非常适合梨树生长，咱现在有基础、有技术、有政策，我有信心抓住这个机遇，把咱村果树产业搞起来！”

春生说完，杨老师缓缓放下了手中的扫帚。

“爸，你当年当村小老师不也是希望村里的孩子有书读，以后有出路吗？现在我要带着咱村的老老少少一起种梨树，从咱们刨了这么多年的土地里，刨出一条新的出路！”

2010 年

雪白的梨花开遍了石门村山坡。五年前，春生注册了“春生”牌水晶梨商标，把水晶梨树种满了全村。今年梨花刚开，水果批发商已经和村里签下了不少订单。春生正带着几个技术员在果园里忙碌，这几年，村里越来越多大学毕业的孩子和他一样选择了回乡创业。

抓住国家退耕还林和大学生创业项目的政策优势，春生创立的农业合作社现在已有近 500 户农民，年销售额 2000 多万元，其中年收入大于 10 万的有 70 多户，好一点的家庭年收入可达二三十万元。

杨老师站在家里新修的小洋楼上，这里刚好可以看到村里大片的梨园。前两年，县里给村上建了新的村小，来了不少科班出身的大学生当老师，他这个

“全科老师”终于可以光荣退休了。

闻着甜丝丝的梨花香味，杨老师的思绪回到了儿子出生的那年春天，1979 年，改革开放的消息随着那一年的春风吹遍了祖国大地，他给儿子取名春生。

■杨柚桢

来了　走了

（一）

高墙、电网、铁窗，神秘的地方。烈日当空，一排排光头，一副副绝望的表情，是啊，他们来了……

读书声、劳动声、娱乐声，多少年过去……

春风拂面，阳光正好，留着干净的寸头，穿着崭新的衣裳，重拾灵魂的他们又走了。

（二）

“来了啊！”

“来了，今天早到20分钟，对了，老李，今天的罪犯咋样？302监舍的重点罪犯王某今天表现咋样？今年过年，他家里人没来看他，难免心里慌。”

“他呀！老杨，我今天找他谈了两个小时，情况还没稳定。但你要注意405监舍的苟某……老杨，我走了啊！今天大年三十团年夜，一家人都还在等我回去吃年夜饭呢。”

“回去慢点开车，老李，注意安全……”老李走了，老杨坐在值班室的椅子上，埋下头，继续开始繁忙的工作。

夜深人静，老杨满是疲惫，抬头一看，外面万家灯火，月上中天，这一刻仿佛一切都静止了，只有他背后墙上的挂钟还在发出滴滴答答的声音……

（三）

“立正，稍息，向右看齐，向前看，现在开始点名：陈某某、张某某……”操场上、国旗下，一张张稚嫩的面孔，一个个充满朝气的灵魂，是啊，这是今年新招录的民警，他们来了……

“今天，是个特殊的日子，我们中心为即将退休的民警聂某某举办欢送仪式。我谨代表监狱党委为她这十几年来为监狱教育事业付出的辛勤劳动表示感谢，大家为我们尊敬的聂某某同志鼓掌……”会议室里，大红花前，满头白发的聂某某落泪了，哽咽无声。是啊，她走了，离开了她曾经工作几十年的工作岗位……

（四）

花圈、挽联、哀乐……

“来了啊……”

“嗯，我们来了。汤某某同志是党的好儿子，是我们的好同志，日夜积劳成疾牺牲在了工作岗位上，我们非常痛心。你们家里今后有什么困难，积极向我们反映，组织想办法协调解决。”

“立正，稍息，脱帽，让我们为党的忠诚卫士、亲爱的战友汤某某同志，默哀三分钟。”

时间戛然而止，躺在冰冷的棺椁里，身盖党旗的汤某某走了，留下的是妻儿无尽的哭声，传进每一个人的心底……

（五）

在这个神秘的地方，很多人来了，后来又走了。

身穿蓝白相间条纹衣服的他们，一开始迷茫、绝望、悔恨，通过五大改造后，信心满满地重新回归社会，力争做一个合格的守法公民。他们来了，又走了，留下的是忏悔的眼泪，带走的是重生的灵魂。

而身穿藏蓝衣服的他们，从一开始的青春稚嫩，日复一日、年复一年，到后来有些人满头白发顺利退休，有的人积劳成疾落下难以治愈的病痛，有的人牺牲在工作岗位……他们来了，又走了，留下了热血与青春，留下了对党和人民的忠诚炽热的心。

■罗春燕

三十年河东

杨大爷住在一个小山村，年轻时不懂法，于20世纪70年代被判了刑。更让他在村子里抬不起头的是——儿子不爱劳动，因诈骗罪也入了狱，刑期还长。所以，他平常沉默寡言，不爱和人说话，劳动成了他打发时光最好的方式。巧合的是，儿子和杨大爷服刑的监狱是同一所。

杨大爷老伴比他年龄大，身体也不好，常年有病，地里的活儿就落在了他身上，老伴只能在家烧汤送水。

眼下正是芒种时节，布谷鸟催促抢种抢收的声音响彻山谷。杨大爷在收割麦子，汗珠夹杂着空气中的浮尘流进眼睛，又顺着脸颊滑进脖子里。他走到田

边，喘了口气，从被汗水浸透的口袋里掏出烟盒，取一根点上。烟是他最好的“特效药”，累了来一根，烦了整一根，失眠抽一根，腰疼吸一根，能消除他所有的不适。

忽的一阵风吹来，将烟灰吹进了眼睛里。他下意识揉了揉眼睛，想着还在服刑的儿子不禁茫然起来——我都快七十了，儿子还有三年啊……

回到家已是傍晚时分，杨大爷累得腰酸背痛，只等老伴把饭端上来。

忽然桌上的老年机响了，声音很大，杨大爷吓了一跳。“杨中华你好，我是杨前程服刑所在监狱的人民警察，为鼓励服刑罪犯安心改造，下周五监狱将举办一场亲情帮教活动，届时请你和老伴一起前来参加。考虑你们特困户这种情况，往返的车费由监狱统一报销。”

“你就做梦吧，监狱还会给罪犯的家属付车费?!”老伴怕车费的事没着落，让杨大爷只身前往。

周五杨大爷起了个大早，蝉高声大叫，一个火热的日子又开始了。

两个多小时车程，到了。下车后，杨大爷就被高大的现代化监狱震撼住了，办公大楼有八层，玻璃幕墙把青山绿水反射进他的眼帘，硕大的警徽悬挂在大楼中央，威严肃穆，熠熠生辉。一踏进监狱大门，首先就是“崇德尚法、和合致远”八个鎏金大字。全体帮教人员参观了监区和生产车间，监区宽敞明亮、花草茂盛，监舍窗明几净、错落有致，车间整洁规范。

解说员介绍说——新生监狱始建于20世纪50年代初，坐落在一座大山里，地势偏僻，交通不便。罪犯主要从事采煤劳动，行业风险高，劳动强度大，监舍破旧。如今，在国家监狱布局大调整中，监狱搬迁至市郊，有公交车直达，亲属会见和帮教十分方便。国家从罪犯出狱后的就业前景出发，加大了服刑期间的技能培训，罪犯不再从事脏苦累险的重体力活儿，他们在服刑期间，既改造了思想，又学到了多种职业技能，大大降低了再犯罪率。

参观结束后，监狱将举行一场文艺汇演，杨大爷受监狱邀请，在演出之前谈一谈参观后的感悟。

杨大爷在台上质朴地讲：“我当初抗拒劳动改造，打架，也关过禁闭，但监狱没有放弃对我的教育挽救。管教干事找我谈心，晚上亲自给我盖被子；父亲病亡后，指导员主动担保，陪我回家奔丧。没有比较，就不知好歹，改造环境发生了天翻地覆的变化，大家要不负亲人期盼，早日改过自新。”

杨大爷的现身说法赢得了一阵又一阵掌声。紧接着一行人等，观看了由服刑罪犯自编自演的文艺节目。

其间，观众席里一名罪犯晕倒，在场医护人员立即进行了抢救。当那名罪犯平安无事后，主持人还在演出大会上进行了通报，消除大家的忧虑。演出中途，天气突变，下起了细雨，警察为每名罪犯发放了雨披。

看完演出，杨大爷和儿子见了面，吃了亲情餐。

临走前，监狱为参与亲情帮教的贫困亲属报销了往返路费。

眼见的一件件事情一幕幕画面，让杨大爷心潮难平——还是同一所监狱，但无论硬件设施还是管理水平，都今非昔比。

杨大爷一路哼起了小曲儿，老伴儿听见了他的声音，便端来饭菜。一落座，来不及扒口饭，他就滔滔不绝讲起了在监狱的所见所闻，并拿出报销的路费在老伴面前摇晃。

老太婆看见鲜红的钞票，百感交集。杨大爷则一本正经说道："还是共产党好、改革开放好啊，监狱旧貌换新颜，还为我们报销路费！"

报告文学卷

中国有句古训：民惟邦本，本固邦宁。四川监狱为了一名患病的孩子“千里转监”，既体现了监狱“生命至上”的社会责任，也践行了挽救一个生命，拯救一个家庭，和谐一片社区，维护一方稳定的责任与担当。

绚烂的夏天已经到了，满眼都是希望的色彩！

——《希望的色彩》/余　威　袁　丽

■许华忠

信仰导航 70 年

一张张照片，从黑白到彩色，满满的信心写在青春的脸上，岁月不移；一件件实物，从简单到复杂，使用的痕迹烙印在陈旧的表面，恒久未变；一次次挪步，从文字到声像，70 年的再现，揭示：信仰导航，四川监狱走向辉煌。

四川监狱博物馆，在三苏故里，长寿之乡，收纳了新中国成立以来，天府大地上那些以挽救灵魂而著称的监狱过往。“博物洽闻，通达古今”者昭示未来，历史，远比博物更加精彩，也更能启发时代。以见闻而穿越，因感悟而跋涉，内心总是坚信：明天会更好。

起点，在昨天就已经选定；开始，从一穷二白的破败里萌芽。

走出硝烟，尚未洗刷征程，怀揣着建设新中国的伟大梦想，机关、部队、农村的有志青年组成了四川监狱的首创者。除了接收和改造伪政府旧监狱，新监狱要靠自己建。不得与民争利，不能都放在城市，不要想得到国家太多的支持。与其说是无奈，不如说是自觉。那是一个激情燃烧的年代，每个人都有太多的力量想要使出来，每个人都觉得自己能够改变的比想的要多。“监狱，还是自己建的好，罪犯还是要给一个悔过自新的机会。”生逢其时，自当当仁不让。那时的监狱警察，想的就是那么硬气。青春的激情荡漾起时代的芬芳。

建在哪里合适？老少边穷人迹罕至，都是排兵布阵的好去处。背起干粮，押起罪犯就走，徒步穿行在大山之间，森林之腹。走上大坪山，走进石洞沟，走到马湖，安营扎寨建狱兴监。暂凭悬崖绝壁，暂借沟壑天险，监管和改造罪犯。困难似风雪凛冽，挑战似中流击水。再难，也难不倒做自己命运的主人；再险，也险不过枪林弹雨的锤炼；再苦，也苦不过以前无望的挣扎。与天斗与地斗，定要斗出监狱新天地；

收得下管得住，牢牢锚固邪恶凶顽。“一切听从党的召唤”“越是艰苦越光荣”。从创建者到参与者，他们就是那么笃信，那么热情，那么实在。

今天，在一些人看来，或许有些鲁莽，有些粗犷，有些不可思议。历史，总要耐住性子才能感知温度。然而，在荒凉的大凉山腹地，在雅安的崇山峻岭，在华蓥山，在兴文，一座座监狱就如雨后春笋，争先恐后地冒了出来。天当被地作席的宿营，画地为牢立木为界的警戒，茅屋边月光下油灯前的讲评，绘就改造与被改造的平衡。这恐怕是世界监狱史上也难有的奇观。苦难里雕刻辉煌，实干里伸展希望。于是，从监狱里出来的茶叶、石棉、煤炭，渐渐开始补给共和国瘦弱的身躯。五星红旗在沉睡的土地上，由此高高飘扬。

从来没有什么总是一帆风顺的，正是在大风大浪里，信仰的力量才尤其荡气回肠。

1956 年凉山平叛时，土匪喊出“杀尽农场干部，解放阿黑哥（彝族对男性的通称）”的口号。罪犯同应的却是“宁做罪犯，不当土匪；宁当共产党劳改队服刑的鬼，不做奴隶主名下的人”。一些罪犯还积极参加与土匪的斗争，帮助运送弹药、救治伤员、抓捕俘虏，甚至直接参与战斗并时有阵亡发生。尘封的记忆或许模糊淡漠，但档案永远保存在那里，永远那么清晰准确。

罪犯怎么会和管教他的干部生死相依？这怕是很多自以为聪明的人怎么也想不通透的吧？“服了共产党的刑，还是共产党的人。跟了叛匪，就永生永世不得翻身。”这是一名原国民党特务，在雷马屏服刑并参与平叛战斗后，留在档案里的一句话。眼前的苟且，怎么能求得内心一辈子的安宁？旧社会把人变成鬼，新中国的监狱民警把鬼变成人。

开荒建狱，平叛自卫，监狱渐渐稳定下来，监狱民警也开始安顿下来。这是一支党指到哪里就打到哪里，打到哪里哪里就发展起来的队伍。当茶园一垄垄绿起来，当牛羊一群群养起来，当山路一条条连起来，监狱民警的根也就扎了下来。一些刑满释放的人也就地安置下来了。自种自养自加工，累了抬眼望，青天在流云里潋滟；倦了靠着一块大石板，山风呼啦啦地在野谷间跳跃。一切都可以被感悟愉悦，都可以在热爱里延展。于是，学校里童声呦呦，那是监狱的子弟和周边村民的孩子在读书；医院里人来人往，那是监狱的医生在给狱内狱外的病人服务；水泥楼里五音齐聚，那是监狱里来自不同地方的家属在嗑家常。法院、银行、邮局，都因了监狱而设起了代办点。

清晨起来，远远近近涌入眼里的都是山，而在那看不透的岚霭里，就是家里的他，或许正在带押着罪犯走在采茶路上。这是每一个住在山下的家属都知道又都不说的慰藉。一天天，一年年，日子就这样重叠青春芳华，起承终身子孙。

这样的平静在 20 世纪 90 年代被彻底打破。大包大揽办社会，诚惶诚恐保安全。山上山下两相望，总是那么不自在，总让人在心底里隐约生长变革的希望。党的领导，让国家越来越强大，“解决了许多长期想解决而没有解决的难题，办成了许多过去想办而没有办成的大事”。解决监狱的问题，水到渠成。

布局调整，向大中城市转移，向交通沿线转移，向更好地改造罪犯转移。迁建、扩建、改建，成了自创建以来四川监狱面临的又一次重大挑战。

从石棉到绵阳，从雅安到龙泉，从珙县到大邑……对罪犯而言，是从矿山到车间，从室外到室内，从井下到地上，变糠箩成米箩的好事。离家更近了，离危险更远了，服刑的条件更好了，家里人更愿意来探望了……一切的一切，都是想都不敢想的好。

罪犯高兴了，管教罪犯的监狱民警呢？

对于一代人两代人甚至三代人都生于兹长于兹的监狱民警，怎么也难以成为一场说走就走的旅行。爹妈怎么办，娃娃怎么办，住在哪里？除了工作，生活里的一切，似乎都要从头再来。有的事情，放到党和国家的层面，大道通天；放到小家散户来，举步维艰。要不要搬的犹豫，能不能留的思量，可不可行的质疑，纠结着每一个以狱为家的人，牵扯着每一个监狱民警的家庭。

不是每一份善意都能被立刻消化的，不是每一份蓝图都可能立竿见影的。有些时候需要以时间来换取空间。理解也罢，不理解也罢，搬迁，还是要服从的。服从命令听指挥，那就是警察的天职。

“那时候就想，应该是对的，应该要支持。就让娃娃他们先过来，我们在老基地先把小孙孙给照看着。”退休的老民警说。正是这样的老革命，让异地迁建的后顾之忧少了很多，让很多年轻民警有更多精力投入新监狱的建设。

新监狱的建设，当然也不只是在监狱工作、生活的民警才有的思考，对监狱决策者同样是一张颇有难度的考卷。

改变不适应的执法管理环境，国家的许可和支持是一个机会。机会是稍纵即逝的。机会，在一些人看来，也许是危险，因此，也就有了等靠要的期待，毕竟，这才是万无一失的。罪犯的脱逃、生产的事故、经营的艰难、地质灾害的潜在威胁等许多现实的危机，让等待也成了风险。也可以让这样的风险维持在低烈度，毕竟，几十年来，那是大家都知道的，都有些心理准备的。迁建中的风险和困难，则是人人都可以站出来说道的。

“监狱是用来做什么的？几代人前仆后继建设监狱又是为了什么？都是为了更好地改造人，为了让社会更安宁，让国家更稳固。党员干部是干什么的？不就是要走在前头，立在潮头，顶在当头？”面对迁建中的迟疑、观望、懈怠，总有激昂的声音振聋发聩。“没有条件的时候，还可以用无能为力来安慰；机会来了而无所作为，就会成为历史的绊脚石，成为监狱发展的铁蒺藜!”

破产减负，一举甩掉沉重债务；退出高风险行业，从根本上降低风险系数；积极地推进全额保障、监企分开、收支分开、规范运行，让监狱管理体制更加顺畅；剥离监狱办社会职能，实现监狱轻装前行；依法实施资产处置，强力缓解燃眉之急；争取省本级养老，实现几十年的就业老残“老有所依”……

围绕“大安全、大执法、大教育、大建设、大保障”五大工作体系，实现“一年新突破、三年新台阶、五年新发展”；围绕“平安监狱、法治监狱、信息监狱、文化监狱”构建四型监狱，实现“一年抓提升、三年铸特色、五年创一流”；围绕规范管理，全面梳理监狱工作细节、环节、关节，积极对接监狱、社会、部门，通过省质量技术监督局印发《监狱管理地方标准》，向着新型现代文明跨越……

惩罚和改造罪犯，以改造人为宗旨的神圣使命；以政治改造为统领，统筹推进构建政治改造、监管改造、教育改造、文化改造、劳动改造等五大改造格局；改造一名罪犯，挽救一个家庭，和谐一片社区，稳定一方百姓的工作理念；社会包容、政府帮扶、部门联动、家庭接纳，监狱与社会共同参与的帮教机制；警示教育巡演、法治教育基地、公正文明执法、联合应对巨灾大难，形成全社会共同关注支持监狱工作的环境氛围。

四川监狱每一步的运筹帷幄，积聚每一次的铿锵激昂，实现每一步的跨步奋进。

2006 年终结罪犯脱逃历史，2007 年以来组织 4000 余名罪犯离监探亲无一事故，2008 年“5·12”千里大转移彪炳史册。四川监狱在历史发展的每一个阶段波澜壮阔，在每一个细节里蹄疾步稳。

到一线去了解疾苦，到基层去发现问题，到现场去解决困难，四川监狱人盯着工作想着未来。

到四川来，到监狱看，到执法管理现场去感受，全国监狱人络绎不绝前来感受四川模式四川气象。英国同行，韩国同行，日本同行也来了，他们也想实地见证中国监狱人怎么“化腐朽为神奇”。

扬起“忠诚、尚法、自强、和谐”的四川监狱精神，唱起《四川监狱警官之歌》，四川监狱走进新时代。

■余　威　袁　丽

希望的色彩

——四川首例“千里转监·骨髓移植救子”纪实

黯淡·黑

世界原本苍白，多种色彩共同点缀，世界方可五彩斑斓；生命原本透明，多彩画笔浅浅描绘，人生方可多姿多彩。正如闻一多的诗歌《色彩》中所表达的一样，人生像是一张白纸，有了绿，有了红，有了黄，当然，也会有灰白和黑，“从此以后，我便溺爱于我的生命，因为我爱他的色彩”。这恰是我们每个人都渴望的多彩人生，但还是有人让这多彩的人生抹上了不光彩的黑。

19 年前，年仅 24 岁的郭某，在甘肃因犯故意伤害罪被判处死缓，从此他多彩的人生变得黯淡，等待他的是如黑夜般漫长的高墙生活。一年前，已在兰州监狱服刑近 19 年的他，做梦都不会想到自己突然间会成为全社会关注的“热点”和新闻的“焦点人物”。

这一切的开始，高墙内的他毫不知情。那时，他的儿子小小出生才 6 个月。18 年来，郭某再也没能踏上故乡四川的土地，再也没能见过自己的儿子，只有通过妻子寄来的照片远远地关注着儿子的成长。郭某也唯有努力改造，来获取内心的救赎。

郭某神情凝重地望着窗外：“听到儿子生病的消息，我的世界瞬间一片黑暗，我以为再也见不到我的儿子了。要知道我已经减刑很多次，只剩下最后不久的刑期了，正期盼着能早日见着儿子呢……”

病房·白

18 岁的小小在医院的病床上艰难地睁开眼睛，已经不知道睡了多久的他毫无时间观念。他环视着四周，妈妈没在，阳光从窗外肆意地洒进来，晃得他眼睛生疼。

或许是买菜去了吧，小小想。

这时，小小在床头看到一张单据。那是一张不知被谁遗忘的 CT 预约单。小小努力地坐起来，探身拿到了单据，取出枕头下妈妈的手机，一字一顿地输入了单据上的那行字：“急——性——髓——系——白——血——病。”

百度上的条文解释，让小小的脑袋轰的一声炸裂。联想到自己前期莫名疲惫、异常虚弱和高烧不退，以及那连续下发的 4 张病危通知书，小小仿佛明白了什么。

当晚，妈妈给小小洗脚，小小一直闷不做声，只是不停地掉着眼泪。最后，他忍不住地问：“妈妈，为什么不告诉我?”

妈妈不敢抬头，任凭眼泪簌簌地往下流，一句话都说不出来。但妈妈心里却下定了决心，一定要把孩子的病治好。

第二天，医生告诉小小母子俩一个不幸的消息：小小的病，身边的人都没有配型成功，没人适合给小小移植干细胞。就在此时，医生眼睛一亮：“对了，还有孩子的父亲呢！现在唯一的希望，就是他的父亲了。”

妈妈犹豫了，迟疑地说：“孩子的父亲，远在千里之外服刑，怕是不行哦。”

妈妈的声音很低沉，仿佛只有她自己能听见。但医生却肯定地说：“目前最有可能配型成功，又适合给小小移植干细胞的，只有孩子的父亲。现在孩子身体脆弱，就像风中残烛，稍不注意就会感染，根本不适合长途颠簸，加之长距离运输造血干细胞的风险实在太大，如果没有为抽取造血干细胞做好充足的准备，那就是在拿孩子的命做赌注。”

医生顿了顿，又遗憾地说：“如果小小的父亲能回四川，该有多好！”这一句无奈的叹息，如救命稻草般给了小小妈妈无限的希望。

甘肃兰州，四川成都，不仅相隔千里，更横亘着“有关规定”的鸿沟。根据有关规定，跨省调监一般情况是不允许的。小小妈妈深知此事的艰难，但为了挽救孩子的生命，还是于绝望中抱着希望向四川省监狱管理局、甘肃省监狱管理局、兰州监狱等多方求助。终于，这次“以爱为名”的特殊申请，成功跨越了“有关规定”的鸿沟，打通了与时间赛跑的生命绿道。

2017 年 12 月 11 日，甘肃省兰州监狱，专门将郭某带到当地的医院进行配型检查。经采样检测，父子两人配型成功，而且郭某身体各项指标都正常，符合移植手术的要求。

2017 年 12 月 20 日，四川省监狱管理局狱政处立即向司法部监狱管理局狱政处请示可否转监。

2018 年 1 月 4 日，司法部监狱管理局给予特事特办特批，同意郭某由甘肃兰州监狱转回四川崇州监狱服刑，两省监狱应即启动这场跨越千里的救治行动。

接到郭某即将回四川服刑，为儿子提供造血干细胞的消息，小小妈妈泣不成声，不停地重复说着："太好了！太好了！太好了！我的儿子有救了，谢谢，谢谢所有人……"

根据医院安排，移植手术定在 2018 年 3 月 15 日。

菜花·黄

2018 年 1 月 12 日中午，一辆火车缓缓驶入成都火车北站。从北到南，跨越 1000 多公里，历时 11 个小时，郭某在 18 年后，终于感受到了故乡的气息。

郭某百感交集，满眼含泪。他深知这次机会来之不易，这也让他再次燃起了生的希望，这希望关乎他的儿子、他的家庭，更关乎他自己。18 年了，他以这样的方式，再一次踏上了家乡的土地！他亦喜亦忧，既感恩政府为挽救一名罪犯的儿子的生命竟做出了跨省调犯的决定，又担心 18 年未见的儿子能否战胜病魔。

在民警押解下，郭某转监到了四川省崇州监狱。

入监后，郭某态度消沉，固执地认为儿子之所以患病，是命运对自己的惩罚，是自己的报应。如果不是自己当年一时冲动犯下大错锒铛入狱，或许就能给儿子一个温馨美满的家庭，儿子就能健康快乐地成长，就不至于患上今天的重病。

为保证郭某术前的身体和心理健康，崇州监狱为郭某特别安排了专职医生和心理咨询师监管他。在准备移植手术的那段时间里，除了对郭某开展正常的教育改造，细心的刘警官（心理咨询师）还发现，郭某心中一直放不下的那块石头，就是对儿子健康的担忧，晚上他常常把儿子的照片拿出来偷偷地看，有时候还会静静地望着窗外发呆。

于是，刘警官开始翻阅各种书籍材料，并在网上搜索一些成功治愈白血病的典型案例，时常讲给郭某听，增强他对手术成功的信念，逐渐化解其心底的担忧。

虽然很艰难，但还是起了些作用。刘警官渐渐地发现，郭某一个人发呆的情况日渐减少，慢慢地脸上也有了些少见的光彩。

有一天，郭某对刘警官说：“在崇州监狱的日子是快乐的，充满希望的。”是的，春天即将来临，他仿佛看见家乡的万亩良田开满油菜花，满眼都是金灿灿的黄色，如果能和儿子一同手拉手走进这片黄色，走进希望的田野里，那是多么的幸福。

手术·绿

2018 年 3 月 15 日，天还是一片漆黑，随着崇州监狱的大门缓缓打开，郭某搭乘的押解车驶向医院。

当汽车抵达医院的时候，朝霞已经漫天，一轮红日从东方冉冉升起，孕育着所有的希望。郭某心里很高兴，这是一个晴天。晴天，总是一个好兆头。

郭某和小小的身体、心理状况都非常好，这极有利于移植手术的顺利进行。随后，郭某被送进血细胞分离室，半躺到病床上。医生在一旁熟练地为其插好针管仪器，正式开始抽取外周血，再通过血细胞分离机分离出造血干细胞。

整个过程持续了 4 个多小时，直到将近下午 1 点时，造血干细胞采集工作才全部完成，总共采集到浓缩造血干细胞 285 毫升。

这时，郭某心情很忐忑，也顾不上自己术后轻微的头晕。小小的母亲为他送上亲手准备的午餐，郭某大口地吃着，脸上浮现出久违的幸福笑容。

这时，另一边医生已经开始将采集到的浓缩造血干细胞处理后输注给小小，整个过程持续了一个多小时，进行得十分顺利。输注过程中，小小的母亲始终守护在儿子的无菌仓外，静静地看着浓缩造血干细胞一滴滴地注入儿子体内。

得知儿子的治疗正在进行，郭某犹豫良久，对监狱民警说："我想见见儿子，给他一些鼓励。"本着以人为本的理念，监狱准许了郭某的这个要求。为了给父子俩更好的关怀，还特意让郭某换下了囚服。

无菌仓前，父子俩通过电话进行了短暂而温情的交谈。"感觉身体怎么样？现在输入你体内的干细胞就是早上从我身体里抽出来的，医生说咱俩的情况都很好。你要加油，身体才会尽快好起来嘛。”郭某略显激动，一直说个不停。电话那头的小小状态也很好，他听着爸爸的声音，苍白干净的脸上始终浅浅地笑着。直到医生再三提醒两人都需要好好休息，父子俩才依依不舍地挂断了电话。

事后，郭某说，手术台上医护人员身着的绿色，是他见过的最漂亮的颜色；监狱民警身着的藏蓝色，是他感受过的最为宁静的颜色。

锦旗·红

2018年1月15日下午，四川省监狱管理局来了几位特殊的客人，他们是郭某的亲属，专程来送锦旗和感谢信的。只见红红的锦旗上写着两行字：千里转监办实事，执法为民暖人心。和锦旗一道送来的，还有一封沉甸甸的感谢信。

四川省监狱管理局：

感谢你们在救我爱孙的千里调监中所做的不懈努力。你们执法为民，对服刑人员的人性化管理和爱心的奉献深深感染了我们，感动了我们。感谢你们把党和政府为民办事、雷厉风行的优良作风完美地展现在我们面前。衷心地感谢！谢谢你们所做出的努力！

再次感谢，谢谢！

郭某父亲敬上

2018.1.15

2018年7月5日，身体已经恢复的小小和妈妈一同来到崇州监狱，又送上了一面红色的锦旗，上面写着：执法体现政策好，为民办事暖人心。阳光下，每个字都格外的耀眼。

特事特办、急事快办、难事办成，四川、甘肃两省监狱系统与时间赛跑，与病魔抗争，终于让小小的生命之火再次燃烧。

后来，郭某多次对民警说：“他十分感谢监狱方面和诸多好心人提供的帮助，这让他感觉到特别暖心，以后一定会好好改造，争取早日出狱。出狱后一定踏踏实实地赚钱养家，弥补这么多年来对小小母子俩落下的亏欠。”

在崇州监狱举办的“春暖归途”罪犯离监探亲座谈会上，郭某还主动分享了自己这次“千里转监”的经历，鼓励其他罪犯好好改造，争取早日回家与亲人团聚。郭某的发言情真意切，发自肺腑，在场的很多人都被郭某的故事所感动，有的甚至湿润了眼眶……

希望·绚烂

现在的郭某，脸上常带着笑容。儿子已病愈且考上了大学，他也仅剩一年多的刑期就可刑满回家享受生活。他的人生，经历了不光彩的黑色，也走过了令人忧心的白色，但最让他难以忘怀的是看到了孕育着希望的黄色、蓝色和绿色，以及千言万语都难以道尽的感恩的红色。

在这次“千里转监”行动中，崇州监狱积极配合医院开展小小的骨髓移植工作，不仅促进了郭某的积极改造，还挽救了一个家庭。这是崇州监狱在推进“五大改造”中，以“希望教育”为理念，让罪犯在希望中改造，通过“希望教育”努力向社会回送守法公民的一次成功探索。

中国有句古训：民惟邦本，本固邦宁。四川监狱为了一名患病的孩子“千里转监”，既体现了监狱“生命至上”的社会责任，也践行了挽救一个生命，拯救一个家庭，和谐一片社区，维护一方稳定的责任与担当。

绚烂的夏天已经到了，满眼都是希望的色彩！

■靳建宁

西宁河谷的枪声

引子

西宁，位于四川省凉山彝族自治州雷波县的东北角，地理坐标为东经 103°6′、北纬 28°5′。现国家行政区划为雷波县西宁镇，1956 年系宜宾市屏山县西宁乡。西宁河是当地的一条主要河流，由高山峡谷密林深处的小溪汇集而成，水质清纯，鱼翔浅底，因流经西宁镇而得名。

在 20 世纪 50 年代初，这片方圆百余平方公里的土地上，建立了人民共和国的红色政权，雷波县境内的数万彝族奴隶娃子翻身得解放，转瞬之间从奴隶社会进入到社会主义社会，这是凉山彝族社会发展史上的一次重大变革。有人形象地比喻为：一步跨千年，制度换新天。这一时期，民主改革风起云涌，如火如荼，一切都在发生着巨大变化。就在这社会大变革的历史进程中，一个惊天大阴谋正在悄悄进行着。雷波的上层奴隶主恩扎、石图、吼普等人，感到其奴隶主统治阶级的利益受损，公然纠集其家支5000余人、3000余条枪，进行武装叛乱，企图用武力把新生的红色政权拔掉，把汉人赶走，恢复其奴隶主统治的奴隶社会生活。

中央人民政府和中央军委随即调集中国人民解放军向凉山集结，四川省委省政府省军区、凉山州委州政府州军分区，迅速组织地方党、政、军、民配合解放军开展平叛斗争。雷马屏农场积极配合大局，进行了平叛自卫战斗。

一、自卫第一枪　血浸土地红

早春二月，乍暖还寒。森林脱去银装素裹，换上了豆绿点缀的春装，一切都在准备争春竞自由。

1956年2月23日清晨，地处罗山溪深山峡谷地带的四川省地方国营雷马屏农场中山坪分场（二支队也称二分场）九中队的小沟分队，突然遭到排子枪的袭击（这是叛匪为壮胆，把步枪当火药枪使用，站着或蹲着成一排同时向目标射击的一种战斗方法）。分队长李川顺着打枪方向察探情况，发现在小沟对面山上的老林里，约有百名叛匪在向小沟分队打枪射击。只见一群群叛匪蹚过罗山溪河吆喝着向小沟分队冲来，边冲边打枪。李川立即叫生产员（就业员）左学文带领 80 名犯人向后山老林撤离，他只身一人提着一支“三八”式步枪作掩护，完全把自己的生死置之度外。正义胆量大，枪响镇山河。李川用正义的枪声镇住了叛匪的进攻，为犯人们的撤离赢得了时间。经过交战，叛匪摸清了我方只有一人一支枪，便从四面向李川包围过来。李川腹背受敌，终因寡不敌众，被叛匪从背后袭击，子弹从右背穿透至前胸，鲜血喷出，光荣牺牲，时年 38 岁。叛匪冲进分队后，肆意进行烧抢，烧毁草房 35 间，抢走和烧毁粮食 26150 公斤，抢走棉被 91 床和全部农具。叛匪逃走后，犯人们返回分队，看见李川倒在血泊中，鲜血浸透了保持卧射姿势的他身下的大地。犯人们都围过来在李队长遗体旁哭泣，他们知道李队长是为了救他们才牺牲的。犯人们恭敬地整理着李队长的遗体，其中有一名犯人还将自己的被单扯下来盖在李队长的遗体上……

同年3月2日，雷马屏农场在总场大礼堂召开了李川同志追悼大会，追认李川为烈士并称赞他“是一个坚强、勇敢、一贯忠于革命事业的好同志”。

这是叛匪向雷马屏农场进行武装袭击的第一次战斗，李川打响了自卫第一枪，为后续开展平叛斗争，做好武装自卫积累了经验。

二、匪袭十中队　遇上强对手

1956年3月，中山坪分场九中队（中沙坪中队）和十中队（牯牛二坝中队）两队合并为十中队，原九中队中队长路喜忠同志任十中队中队长。路喜忠同志南征北战，为新中国的成立立下了汗马功劳，大家都很佩服他。这年他才27岁，中共党员，风华正茂，精明干练。该队从1954年7月建队，在管犯人、搞生产方面都名列支队前茅。匪患事后牺牲了一名分队干部，作为中队长的他，心里很难受，心想如有机会，一定要为战友报仇。

13日上午，十中队突然被500余名叛匪包围。叛匪们先在中队附近的老林里向中队部打排子枪，并不时地用吆喝声乱吼乱叫，以显示人多势众。路喜忠觉得这没有什么可怕的。于是，他按照雷马屏农场平叛武装自卫“三打三不打”原则，即：叛匪先向我开枪要打，持枪围攻要打，对我进行烧杀抢要打；叛匪远了不打，瞄不准不打，没有指挥员命令不打，组织指挥全中队干部和公安武装自卫战士 30 多人，与叛匪展开了枪战，打退了叛匪数十次冲锋。17 日，叛匪又一次组织强大火力，向中队发起猛烈攻击，在激战的间隙，路喜忠召集全体党员开了一个战地宣誓会，他第一个向党举手宣誓：“我向党保证，誓与阵地共存亡，如不幸牺牲，就将我积蓄的两百元钱作为我最后的党费。”并拿出自己在淮海、渡江战役，解放中原、华北和大西南的五枚纪念章，以表决心。这就是一个共产党员为革命出生入死的全部家产。全体党员纷纷向党宣誓：“誓与阵地共存亡。”并且，还向党组织写下了集体决心书。全体战士都横下了一条心，与叛匪决一死战。人们常说：军人不怕死，就能打胜仗。作为指挥员的路喜忠，只有一个信念，那就是两者相斗，勇者胜。对于叛匪的一次次进攻，路喜忠都沉着冷静，指挥若定，战士们越打越勇猛，使叛匪的进攻次次都以失败告终。战斗一直持续到18日，才彻底把叛匪打退，使之作鸟兽散。屈指一算，整整六天。此战歼敌22人，胜利保住了十中队的国家财产和200多名犯人的生命安全。战后，武装自卫第三大队给予十中队通报表扬，四川省公安厅给路喜忠记一等功。

路喜忠同志已离休多年，现过着朴素的离休生活，但他一直将昔日打叛匪光荣牺牲的战友的照片装在上衣口袋里，时常回忆和怀念在那段峥嵘岁月里结下的战斗友情。每每在烈士墓前，对雷马屏的青年民警进行革命传统教育时，路喜忠常常潸然泪下，一边亲手拔草扫墓，一边呼唤战友的名字，诉说监狱的发展变化，告慰战友在天之灵。

三、明枪易躲　暗箭难防

1956年4月，西宁河上游的中山坪分场烂坝子中队（七中队），迎来了建队以来的第三个春天。桃花爬上枝头竞相绽放，展示灿烂漫红的俏丽。

4日一大早，在跑马坪分队担任分队长的罗体文接到中队通知：到中队部参加春耕生产会议。他向生产员曾凯安排布置完当日工作后，立即背上“汉阳造”步枪，带上40发子弹，急匆匆地就向山下10余里外的烂坝子中队走去，直接到中队参加了会议。在会上，邢本中队长传达了支队生产会议精神，重点内容是本年烂坝子中队要完成20万斤玉米的生产。并说：“我和指导员商量了，罗体文所在的跑马坪分队至少要完成5万斤，力争完成6万斤，这样，全中队才有把握完成全年生产任务。”会上，邢中队长还制定了许多播种、施肥、除草等农耕技术和田间管理措施；指导员陈富民也作了动员讲话，重点内容是叫各分队做好犯人的思想政治工作，充分调动犯人的劳动积极性，实行多开荒广播种，确保完成任务。讨论时，罗体文发言说：“跑马坪地广，开荒播种没问题，主要是劳动力不够，80来个人，除去杂工就只剩60来个劳动力，今年生产任务可不轻，但我不拖全中队的后腿，有信心完成今年生产任务。”邢中队长插话问：“请你谈谈具体办法。”罗体文胸有成竹地谈了一些具体办法和措施，其中有两条受到邢中队长的赞同。一是农忙季节，由干部给每名犯人分配种植面积和秋收产量指标，但劳动不能化整为零，必须实行普工和杂工总面积包干，即把面积分包到组，产量落实到人，杂工3人一小组，普工10人一组，集体劳动，形成人人身上有指标，千斤重担众人挑的局面。这能最全面地调动劳动力。二是每天的劳动时间不作强制规定，一切以完成任务为准。为节省时间，农忙时节吃饭一律在工地，如需加班，晚上劳动时间最晚不超过10点，这也是无形地增加了劳动力。大家讨论得很激烈，问题越争越明，任务越争越有信心。上午11时，邢中队长宣布散会。

罗体文与中队长、指导员道别后，向跑马坪赶回。当他走到距跑马坪150余米的路途中，突然从灌木丛中窜出几名叛匪，他还没来得及反应，就被叛匪按倒在地，把他的枪和子弹下了，将他拖入林中进行威胁恐吓和策反：一是叫他回分队后，动员犯人参加叛乱；二是把犯人解散，不准在此地建队；三是叛变入匪，仍回原中队，配合叛匪里应外合。当叛匪的这些要求被罗体文一一拒绝后，他们就将罗体文捆绑起来进行殴打折磨，罗体文坚贞不屈，并向叛匪宣传党的政策，叫叛匪不要与共产党作对，停止叛乱。叛匪因受家支势力的影响，哪里还听得进罗体文的政策劝导。最后竟疯狂地用石头砸罗体文的头，用刺刀刺罗体文的身体。

跑马坪分队的曾凯等到上午 12 时 30 分，仍不见罗队长回队吃午饭。在计划经济时代，口粮都是有标准的，按以往的习惯他不可能在中队部吃饭。于是，就派人沿途去接应，一直走到中队部都未见踪影。邢中队长感到出事了，立即布置，叫指导员把干部、犯人组织起来，准备应急，他带领一名干部和部分年轻精干的犯人沿跑马坪羊肠小道寻找而去。只听喊声一片，不见回声应答。最终在距跑马坪不远的树林中找到罗体文的遗体，惨不忍睹。干部和犯人们见此情形都湿润了双眼，泣不成声，喃喃自语道："叛匪太残忍、太可恨了，抓住他定叫他血债血偿。"邢中队长说："我们一定要认真调查，要给罗体文报仇。"邢中队长将一梭子子弹射向天空，似报仇的怒吼，也似向战友挥泪致哀。生产员曾凯向邢中队长汇报了一个情况，前两天常碰见一个彝族男青年在这一带卖鸡蛋，从这件事来看，很有可能是在搞侦查活动，今天早上在路上说不定发现罗队长到中队去了，所以在这里设了埋伏。

大家含着悲痛将罗体文的遗体抬回中队部，举行了告别仪式，就这样送走了罗体文。事后不久，那个卖鸡蛋的彝族青年被抓获，交代的情况正与此前判断一致。

罗体文牺牲时年仅 29 岁，后被追认为革命烈士。

四、激情在燃烧　生命吐芳华

1956 年 4 月 14 日，二支队十中队文书韩大奎与干部岳生孝带领百余名犯人在武装班的掩护下，到牯牛二坝生产区播种芋子。下午 6 时，韩大奎吹响了收工的口哨，武装班看见犯人们正在陆续收工，就先撤离劳动工地回中队部去了。就在韩大奎对犯人集合点名时，老林中突然打来一阵排子枪，约 300 名叛匪向山下犯人集合地点扑来。韩大奎立即叫岳生孝赶快把犯人带回中队，自己在后掩护，并端起冲锋枪向叛匪射击。叛匪的进攻速度减慢，战斗中韩大奎中弹负伤，子弹头卡在体内，鲜血直流，但他仍然坚持战斗。此时武装班听到枪声，迅速赶到战斗现场，接应韩大奎，见他负伤，准备救护他回队，他坚定地说："别管我，你们先走。"随即从腰间抽出手榴弹向敌人掷去，直到流血过多，体力不支，武装班的战士将他强行背走。在武装班的掩护下全部人员安全撤回中队部。叛匪又集结向中队部包围过来，双方展开激战，武装班及干部们利用有利地形和三层高的碉堡打退了叛匪的进攻。天色逐渐黑下来，叛匪见久攻不下，灰心丧气地逃回深山老林。韩大奎因伤势过重，于当晚11时40分牺牲，终年23岁。

在清理韩大奎的遗物时，发现了他的两封遗书。一封是写给他母亲的，一封是写给身边战友们的。因为小沟之战，李川牺牲后，没有任何遗言留下。作为文书的他，已做好了牺牲的准备，便写下遗书作为留言。

他给母亲的遗书写道：

母亲大人：

现在身体健康，生活愉快吧！你儿子好久都没有接大人们的来信，工作忙交通不变（便），没有和（给）大人来（去）信。在我们这里实行民主改革，少数土匪进行暴乱，如果我在这个战斗中牺牲了。那就和母亲、姐姐、亲戚朋友永远离别了。我虽然牺牲了，母亲你好好生产，不要难过，请不要给组织添麻烦，同志们接会（替）我报仇的。

此致

永远离别

祝母亲大人康乐，永别了！

儿韩大奎

1956 年

给同志们的遗书写道：

亲爱的（全）体同志们：

我已经牺牲了，同志们会战胜敌人的。我希望同志们坚持战斗，消灭敌人，胜利是我们的。祝同志们身体健康，我和同志们永远离别。

此致

祝胜利、胜利、再胜利！

韩大奎清（亲）笔

1956 年

这就是一个革命者的高尚品格，这就是老一辈雷马屏人留给我们的宝贵精神财富。

据档案记载：

韩大奎牺牲后，被四川省公安厅授予一级英模称号，被屏山县人民委员会批准为革命烈士。

五、爱进深山去　鲜花惨凋谢

春天的山野，树木葱郁，百花盛开，一派绿色景象。地处海拔 1500 米的石鼓坪中队二分队，是一个典型的“白云深处有人家”的高山小队。这里经常云雾缭绕，雨水涟涟，难得有几日好天气。

1956 年 5 月 24 日这天清晨，云雾散开天放晴，分队干部周国清一早起身，就告诉未婚妻曾素芳，今天他要带犯人到南岸坪分队去插秧，现在是农忙季节，农活比较紧，为节省劳动时间，今晚不回来了，“你个人在家不要等我，也别害怕，晚上睡觉时把门关紧点，注意响动惊醒点。”说完，就走出家门，带着犯人离开了二分队。谁知这一走，竟是和自己心爱的未婚妻永别了。

凌晨 5 时 30 分，石鼓坪中队的干部正在组织犯人集合开饭。忽然，从罗山溪冲上来一股叛匪 100 余人，吆喝着向中队扑来，并向中队开枪。中队武装班干部迅速进入阵地，向叛匪还击。战斗不久，叛匪避开我方火力向二分队扑去。这群明火执仗的叛匪，匪气十足，野蛮残忍，到了二分队就实行烧、杀、抢，一小股叛匪先是猛敲曾素芳住的房门，见紧闭不开，便堵住房门用火烧房子；另一伙叛匪则用枪和刀杀害我方人员，打死工作人员1人，犯人3人，打伤犯人3人。

武装班迅速向叛匪出击，将叛匪截成两截进行围歼，迫使其中一股原路退回，另一股向鱼目溪分队方向溃逃。追击中击毙叛匪9人，俘1人，但我方二分队的房屋被叛匪放火烧光。当人们去寻找曾素芳时，开始没有找到，认为她被叛匪掳走了。后来在清理烧毁的房屋时，发现一具尸体，无法辨别是谁，最后从一条烧掉的腿的裤子上，发现有女裤扣子的痕迹，才基本证实是曾素芳。她死得太惨了，当周国清在南岸坪得知不幸消息后，带着巨大的悲痛飞奔回来，抱着已面目全非的未婚妻遗体失声痛哭，昏倒在地。

曾素芳，女，22岁，共青团员，农民出身，四川省简阳县第一区东河乡黄岭村人。1955年12月来农场准备与未婚夫周国清结婚，因周国清工作一直很忙，一人管一个分队 80 多号犯人，根本抽不出时间去办私事。但他们相亲相爱，相守相望，心中充满了对家庭的喜悦和憧憬。这位城市郊区的农村姑娘，正当如花似玉的年龄，离开家乡来到偏僻的雷马屏高山之地，是为了什么？是对爱情的忠贞，对周国清所干事业的支持，对家庭美好生活的向往，但这一切都被叛匪凶残地扼杀了。她把青春献给了雷马屏，把热血洒在了雷马屏的土地上，她没有评烈士的资格，但她爱丈夫直至为他和他的事业付出生命。

曾素芳是雷马屏干部家属为丈夫、为丈夫的事业奉献一生的代表。许许多多像曾素芳的干部家属，她们支持丈夫工作，相夫教子，省吃俭用，养育子女，朴实一生。为了家庭，她们总是默默地操持着、勤劳着、坚忍着，在采茶季节，为了补贴家用和给子女挣学费，还冒着烈日和风雨为农场的生产发展贡献力量。哪里有临工做，哪里就有她们的身影，她们吃苦耐劳、善良淳朴、爱家爱子，是丈夫和子女心中最可爱的人。她们养育了自己的子女，同时也养育了雷马屏事业的接班人，是雷马屏的伟大母亲。雷马屏的建设发展功劳有她们的一半，军功章也有她们的一半，她们是雷马屏的无名英雄，我们应当永远铭记。

六、驰援烂坝子　小岩洞遭袭

1956 年 6 月 21 日，正在山棱岗筹建凉山军分区第一前方（剿匪）指挥部的凉山军分区副政委向茂森司令员（代号：向 4 号）和四川省公安厅劳改局基建处副处长、凉山军分区第一前方指挥部参谋长、省公安厅劳改局派往雷马屏地区平息叛乱工作组组长孙涌接到报告：有一股叛匪约 300 人，在白岩湾（彝语：瓦西鸟）袭击我筑路人员。向茂森决定派公安内卫十三营第三大队一个排的兵力和民兵前去支援。大队长姚章记、教导员张长富迅速调集兵力。同时，向副政委和孙参谋长决定由雷波磷肥厂（省属劳改单位）派一名干部押车，雷波磷肥厂党委书记常胜推荐靳文尚（后来调到雷马屏农场工作）押车前往。理由是：靳文尚，1938 年参加八路军，在太行山一带参加抗日战争，打过日本鬼子；解放战争时期参加过解放石家庄战役、太原战役、临汾战役等著名战役；随贺龙领导的一野十八兵团南下，参加过秦岭战役和成都战役，打过许多仗，经历过枪林弹雨，有一定经验，能处理突发事件。于是，急忙调集雷波磷肥厂工程处两辆汽车，送部队到白岩湾打击叛匪。当部队到达白岩湾时，叛匪已逃跑至烂坝子，并纠集约 400 人包围了二支队七中队烂坝子驻地和乡政府。靳文尚及时向指挥部报告情况，接到指挥部追剿的命令后，迅速向烂坝子驰援。当汽车行至小岩洞时，突然被埋伏在小岩洞两旁树林里的叛匪阻击，叛匪向行进中的汽车猛打排子枪，当即牺牲部队战士两人，负伤两人，民兵牺牲两人。靳文尚腿部受伤，他来不及包扎，指挥车辆冲出包围后，立即组织还击。部队、民兵和押车干部的各种枪支向小岩洞两旁树林里的叛匪一阵猛打。这就是剿匪却看不见匪的战斗。叛匪躲在树林中，要么打冷枪偷袭，要么打排子枪攻击。子弹乱飞，往往都是以我方牺牲为代价，才知道叛匪的打枪位置。战斗进行了半天，叛匪见自己的目标逐渐暴露，打冷枪或打排子枪不但不起作用，反而暴露了打枪位置，造成伤亡，而我方则越战越勇。叛匪见势不妙，丢下 7 具尸体，带上 6 名伤员向老林深处逃去。战后，经清点人数，我方牺牲的两名部队战士是：郭建明，男，23

岁，四川安岳人，公安内卫 13 营卫生员。高文品，男，21 岁，西昌裕隆人，公安内卫 13 营战士。两人均被追认为革命烈士。两名民兵则无档案记载，无法知晓其姓名，成为无名烈士。但党和人民不会忘记他们，总会用一种特殊的方式表达对烈士的纪念。雷波县烈士陵园立有革命烈士纪念碑，北京天安门广场上也立有人民英雄纪念碑，党和国家领导人、各地负责人及党政机关、部队、学校、党团组织也都要适时举行纪念活动。

2014 年第十二届全国人大常委会第十次会议决议通过，将每年的 9 月 30 日确定为烈士纪念日，这就将烈士纪念活动上升为国家意志，烈士纪念日定为法定日，这标志着烈士在党和人民心中永垂不朽的地位，这也是对烈士及其亲属最好的告慰。

七、鏖战芋儿坝　英雄魂归去

1956 年 6 月 25 日，雷马屏农场驻中山坪分场前线指挥部得到密报，获悉有 300 余名叛匪纠集在一起，窜至二支队大坪中队芋儿坝分队老林周围，企图袭击芋儿坝分队，以抢粮、烧房、杀害干部。于是，指挥部立即组织农场内部的自卫武装班干部前去增援。韩成祥，1944 年 1 月参加革命的河北汉子，南下干部，自任武装班班长以来，哪里有战情，哪里就有他的身影。这次他又主动请战，带领全班战士星夜兼程，赶往 20 多公里远的芋儿坝分队。匪情紧急，不能停顿。武装班疾步如飞提前赶到芋儿坝，正在分队部休息之时，26 日凌晨 4 时，叛匪从老林中悄悄地窜进分队，趁着黑夜，一面点火烧房、抢猪、抢粮，一面向干部住处打排子枪，子弹如雨点般封锁干部居住区。寂静的芋儿坝夜空被火光照亮，被叛匪的枪声搅得天地不宁。

毕竟我方是经过南征北战的训练有素的战士，难道还怕这群乌合之众？这时，只见韩成祥趁叛匪枪声的间隙，冲出房门，端起冲锋枪向叛匪射击，吸引叛匪火力，全班战士趁着韩成祥的火力掩护，一个个噌、噌、噌地冲出房门，向叛匪狠狠射击。战斗紧张进行，我方越战越勇。叛匪见势不妙，边打边退。叛匪被打退了，在分队部坎下的玉米地中躲藏着，枪声也逐渐停下来。韩成祥感觉叛匪没有走远，还躲藏在这附近，如不彻底打退，还会来进犯。于是，他向身侧后方的武装班战士马洪安等战友示意，趴着不要动，注意掩护，便跃身上前侦查。当他上前选择一座坟包式的小土堆观察情况时，躲藏在坟包下的一个叛匪向他射出了罪恶的子弹，他左胸中弹，当即昏厥。战友们急忙朝着叛匪打枪的方向一阵猛烈还击，由于叛匪躲在暗处，打一枪换一个地方，无法知道他们的确切位置。叛匪趁着黎明，溃退到芋儿坝河边的山林中。

战友们迅速救起韩成祥，只见他左手捂住鲜血直涌的伤口，用右手吃力地从上衣包里掏出被鲜血染红的随身小包，声音微弱地说："我有一个未婚爱人，这里还有一百多元钱……"

武装班的战士们为了给韩成祥报仇，端起枪向山林中的叛匪狠狠打击，叛匪躲在暗处负隅顽抗，打着冷枪。双方对峙一天后，叛匪退至三望坡一带。

据档案材料记载：韩成祥，男，汉族，1924 年 11 月出生在河北省涉县一个贫苦农民家庭，从小放羊务农，1944 年 1 月参加革命，1945 年 7 月加入中国共产党。入伍后，历任战士、班长、副排长等职，在抗日战争和解放战争中，他英勇杀敌，有勇有谋，屡立战功，进军大西南后，1952 年 9 月转业到犍为县公安局。1953 年 5 月随乐山大队进入雷马屏农场，分配到二支队任电话员。韩成祥牺牲后，屏山县人民委员会批准其为革命烈士。

八、三望坡受阻　冲过封锁线

1956 年 6 月 27 日，农场武装班队员石焕章、杨迺田等人，护送韩成祥的遗体到支队，刚走出不远，在三望坡垭口处，遭到百多名叛匪的袭击。农场武装班的队员们奋起还击，使得林中的叛匪不敢集中在一起打排子枪，只能东一枪、西一枪地打冷枪。这是叛匪最阴险的战法，总是躲藏在暗处偷袭，但只要林中有枪响，石焕章、杨迺田等武装班的干部就开枪还击。

交战中，冲在最前面的石焕章突然臀部中弹，鲜血直流。他强忍着剧痛，一面还击，一面顺势蹲在河中石头上用冲锋枪扫射，掩护其他同志冲过芋儿坝河这条封锁线，直到昏倒在地。

当天傍晚 8 时许，二支队派武装班护送粮食到芋儿坝，途经三望坡时，与封锁石焕章、杨迺田等人的那伙叛匪交火。担任二支队秘书股通信员、武装自卫第三大队武装班机枪手洪清元等 5 名押粮干部组成一个战斗小组，并命令犯人看护好粮食。战士们成战斗队形散开，向叛匪躲藏的林区进行点射。石焕章、杨逌田等人从枪声中知晓是自己的增援部队上来了，便主动与洪清元战斗小组形成交叉火力向叛匪射击。叛匪仍在东一枪、西一枪地反抗着。只见洪清元端起机枪奋勇当先，向叛匪一阵狂扫，枪声大作，弹如雨点，吓得叛匪不敢还枪，趁着夜色像缩头乌龟般东一个、西一个地往后山老林逃跑了。这才给护送韩成祥遗体的战友们解了围。

战后，四川省公安厅政治部根据此次自卫战斗的突出事迹，分别给洪清元记一等功，给石焕章记二等功。

九、凉山不稳定　将军心难安

雷马屏农场与叛匪的战斗仍在继续进行着。

1956 年 10 月 7 日，二支队武装班干部配合公安部队合击芋儿坝散匪 10 余人，战斗约半小时，击毙 1 人、伤 4 人、俘 1 人，解救奴隶群众 3 人。

10 月 29 日，8 名叛匪潜伏在火烧坪中队附近，企图袭击护粮武装队，抢夺粮食。武装队发现后，立即包围，通过喊话，叛匪全部投降。

11 月 11 日晚 11 时 30 分，六支队一中队被小股散匪偷袭，经还击，打退了袭击的叛匪，没有造成人员伤亡。

12 月 12 日上午 9 时，六支队九中队被小股散匪袭击，打伤犯人 1 人。

12 月 21 日凌晨 2 时，叛匪约 300 余人袭击六支队十中队，打死打伤就业人员各 1 人。

直到 1956 年 12 月底，叛匪袭扰雷马屏农场的活动才基本消停，但整个凉山、雷波的平叛斗争仍在进行。

1957 年 4 月 22 日，平叛斗争正处在关键时期。时任中国人民解放军总参谋长的粟裕大将来到凉山，到雷波大谷堆（凉山军分区第一前方指挥部）代表党中央慰问了前方指战员。在听取凉山军分区第一前方指挥部的剿匪情况汇报后，粟裕大将对凉山的平叛斗争作了指示，改进了平叛斗争的策略和战术，并从贵州调来轻装师 147 团和沈阳军犬队，从内地调来了

1000 名民改军官，增强了平叛的军事力量，充实了民改工作团（队），加快了平叛斗争和民改工作的进程。凉山平息叛乱的斗争形势迅速好转，为最后取得决定性胜利起到了至关重要的作用。1957 年 11 月底，雷波县境内的平叛斗争胜利结束。

后记

血沃杜鹃映日红，迎来春色换人间。如今，西宁河谷的枪声已离我们远去，彝汉人民已过上和平安宁的生活。当这段尘封的历史被打开时，生与死的考验、血与火的斗争、爱与恨的交织，依然那么鲜活，那么令人难忘，那么叫人难以释怀。

老一辈雷马屏人把火红的青春献给了雷马屏事业，把满腔的热血洒在了雷马屏的土地上，用生命捍卫了红色政权，他们的英雄事迹可歌可颂，他们不怕牺牲，甘于奉献的革命精神值得我们永远传承和发扬。

■田洪元

群英谱

了解监狱，最直接的方法是了解监狱的人。幸运的是，我接触和采访了监狱系统中的许多先进典型，他们的经历，正好贯穿了 70 年的监狱史。

一个“不般配”的分队长

参加工作后，我接触的第一个先进，是旺苍劳改管教总队五大队石洞沟煤矿带班分队长罗云生。1992 年夏，他荣获“全国个别教育能手”。

当时劳改队罪犯脱逃形势严重。五大队的在押犯重刑犯、数量都是全总队最多的，每年的防逃工作都是重点、难点。而罗老革命带班 36 年，没跑过 1 名罪犯。见到他本人时，我却有点失望：又矮又瘦，大概还不到一米五。那时他刚退休，满头花发，满脸皱纹，一身便服，实在难以般配全国先进的名头。我问他管理罪犯的经验，他呵呵一笑："也没啥可说的，就是该紧的时候紧，该松的时候松。"

现在想来，这句话再加工提炼一下，不就是"宽严相济"吗？

后来，我近距离接触了许多这样的先进：2010年四川监狱"十大杰出卫士"、雷马屏监狱年纪最大且一直未下山的带班民警景贻平；我狱退休前还在带班的孙武林、倪建军等先进典型。对于他们，最般配的词，就是"普通"。外貌普通，其貌不扬，脱下警服跟常人无异；能力普通，有的写字都困难，加之长年待在山上沟里，没见过都市的繁华，直到退休都还是最基层的带班分队长；事迹普通，就是长年如一日地干好本职工作，缺乏可歌可泣的动人故事。甚至，家庭也很普通，爱人很多是随迁家属，没有一份固定的职业。

现在再看，最"般配"监狱基层工作的，就是这些普普通通的面孔，因为在生活环境偏僻闭塞、工作枯燥乏味的情况下，稍微会计算的人，都会认为很

“不般配”而做出其他选择。比如当年和我一起分到石洞沟的 8 名大中专毕业生，后来陆续离开的就有 4 人。

我后来能安心在石洞沟工作，不能说没有罗老革命的影响。现在监狱搬迁到绵阳市小枧沟镇，监狱人民警察队伍日益壮大。不知他们中间，又会涌现多少新的“不般配”先进？

两个“异类”监狱长

2005 年，全省系统开展了学习“汉王山精神”的活动。省局政治部抽调我去采访。于是，我见到了全国五一劳动奖章获得者、汉王山监狱监狱长宋建军和其前任监狱长丁火元。

比起石洞沟偏僻、闭塞、艰苦给人的苦闷，位于川南宜宾地区的汉王山监狱还多了一样：被撤并的压力。由于位置偏远，经济困难，队伍不稳定，罪犯脱逃率高，汉王山监狱曾被省局列入撤并“黑名单”。1996 年，时任监狱长丁火元为首的领导班子，带领全狱上下凭着一股“宁愿苦干、不愿苦熬”的精神，经过九年艰辛奋战，立足自身，硬是把一个破烂不堪的监狱，建设成了集外观花园式、管理军营式、改造校园式为一体的现代文明监狱。监狱先后获得司法部集体一等功、全国监狱工作先进集体等荣誉，成为全国系统内的一面红旗。

当时丁火元已退休。问起他五十多岁还拼着老命、冒着风险搞建设的缘由，这位戴着老花镜、满头白发的老革命说：“我不想让汉王山（监狱）毁在我手里，不想当汉王山（监狱）最后一任监狱长。”

可以说，前任监狱长丁火元主导了汉王山监狱面貌的巨变，而继任的监狱长宋建军狠抓了队伍精神面貌的转型。采访中了解到：当初外劳转为车间内劳后，监狱推行站立式巡查制阻力很大，他第一个做了12小时的示范；为检查民警尽职履职情况，他经常拿着望远镜观察各个监区民警岗位；还有因一块瓷砖没贴好处罚亲弟弟400元等逸闻。

两位个性如此鲜明的监狱长，在今天看来属于“异类”，在当时的四川监狱系统，却并不少见。

汉王山监狱巨变发生在1996—2005年，这九年也正是四川监狱系统改革发展攻坚破难时期。许多监狱面临安全隐患大、执法不规范、经济效益差、体制改革任务紧、监狱布局调整难等多重压力。仅以监狱迁建而言，缺乏顶层设计、缺乏政策支持、缺乏财政资金保障、缺乏地方党政支持，就是监狱内部，在“搬”与“不搬”上，也是各执一词，缺乏统一认识……比如，早在1995年，我狱就争取到在成都龙泉驿建球墨铸管厂的省上批文，但最终却“助攻”苗溪劳改总队成为全省系统内最早（2002年）迁建成功的川西监狱；又如准备合并到我狱石洞沟煤矿的南江坪河煤矿，另寻出路，2005年摇身一变为巴中监狱；还有搬迁到绵阳市顺势改称绵阳监狱的新康监狱，等等。这些监狱能够突破名不正、言不顺、事难成的困局，都与监狱主要领导解放思想、敢于担当的智慧和勇气分不开。

今天，再看四川监狱70年的巨大发展变化，更感同身受这一点：改革、创新，破釜沉舟、背水一战，很多时候都是逼出来的一种异类！

“三合一”的监区长

我接触的许多先进典型，几乎无一例外都自认为忙于工作，愧对家人。2015年荣获全国五一劳动奖章的金堂监狱艾滋病犯监区监区长朱阳，则是个意外。

除了临危受命、敢于管理、勇于创新等令人称道的工作成绩，朱阳的事迹让人意外的感人之处在于：妻子长期患重度抑郁症，日常生活、起居照顾、外出治疗、儿子的学习成长等，都离不开他！他的辛苦，真是到“家”了。

艾滋病犯管理充满危险，却干得有声有色的优秀监区长；妻子身体状况堪忧，仍然 17 年不离不弃的好丈夫；儿子需要陪伴，以自身的言行成为儿子敬仰榜样的称职父亲，这种内外兼修“三合一”的先进，我还真是第一次见识。内心敬佩的同时，我私下问过朱阳：“辛不辛苦？”他笑着说：“习惯了就好。”

2017 年，我又先后采访过全国司法行政一级英模、巴中监狱已故的监区长汤洪林，四川监狱系统“十大标兵”、广元监狱的监区长张子坤等先进。据说汤洪林生前在监管区平均日行 20 公里，半年就要走烂一双鞋。当然，我已无法当面求证这些“据说”的真假了，倒是被称作“工作狂”的张子坤，在 AB 门口，我几次见他弯身捡烟头。当初全监狱推行“物整洁、人精神、事规范”的规范化管理时，他就常常在监区内捡烟头。久而久之，监区的“烟鬼”们都不好意思乱扔了。

四处奔波的回归者

2009年1月22日，距离春节还有三天，我接待了一位刑释人员。他送来一面锦旗，上面写着“衷心感谢川北监狱对我这个浪子的帮助和教育”。

他叫何兴俊（化名），曾因犯爆炸罪在监狱服刑10年。期间脱逃加刑2年，殴打他犯被禁闭过。后减刑1年，于2006年满刑回到青川乡下。2008年“5·12”特大地震中，他从废墟中救出7人，又翻山越岭7个多小时赶到广元市向市委书记报送“青川遭受大灾”的“鸡毛信”。他因此被四川省综治委通报表彰，获得青川县2008年度抗震救灾先进个人的荣誉。

我问他，“愿不愿意协助监狱开展帮教活动?”他很爽快地答应了。此后，他多次来狱以现身说法、资助贫困罪犯、安置刑释人员等方式协助监狱改造工作，还被聘为监狱政风警风监督员。

这些年，我对他的最大感受就是：天南海北地四处奔波。他说，他一直有个梦想，干出一番事业，帮助更多的刑释人员。

然而，他也多次陷入困境：火锅店、养殖业投资失败，损失惨重，最惨时给儿子交幼儿园学费的钱都拿不出；“朋友”借款不还，自己企业安置的刑释人员经常惹是生非；因参加省局安排的活动，妻子在家无人照顾，跌跤致使第一个胎儿流产；与朋友合作，但因为性格不合等原因而分手；在社会公益活动中，他从不讳言自己“刑释人员”身份的“高调”，却因此带来诸多不理解、非议。种种烦恼、压力，他一度患上抑郁症，曾服下十几颗安眠药想一死了之。

这期间，我与他多次交流。我劝他，外面的世界很复杂，而你性格有时太冲动，做事又急于求成，这些都要改才行。他则感叹，坐牢再苦，都没想到过自杀！不过你放心，再恼火，我也不会走回头路的。

五味杂陈的女汉子们

2019 年 4 月，我到凉山彝族自治州西昌市采访获得“全国五一巾帼标兵岗”称号的凉山监狱三监区。这是一个全部是女警的先进集体。

2015 年 10 月，凉山监狱转型为女犯监狱，三监区的女警由凉山、荞窝、攀西三所监狱的女警组成。除了荞窝监狱女犯监区少数女警管理过罪犯外，其他女警都没有一点儿罪犯管教经验。许多民警上有老、下有小，45 岁以上的高达 50%，85%的民警是双警家庭。比起女警的多元结构，犯群构成更复杂：文盲犯、涉毒犯、彝族罪犯占比呈现三个 80%，无期死缓达 40%。

历经三年磨炼，三地流转临时组建的监区蜕变为合心、合力、合拍的标兵集体：7 人次先后荣获全省司法行政、全省监狱优秀先进个人、个人三等功；监区先后荣获全省监狱“管理规范监区”、全省司法行政系统“十个标准化”建设示范党支部、全省五一巾帼标兵岗、全国五一巾帼标兵岗。

采写她们的先进事迹，我内心是五味杂陈的，常常处于矛盾之中——作为先进事迹的演讲材料，要求可歌可泣，最好是催人泪下，但许多女警的事迹，已经到了不忍心再往深处挖掘、不忍心再用文字渲染煽情的地步。短短三年间，2 名女警在岗位上不慎受伤，5 名女警累倒在岗位上，3 名年轻女警，在工作岗位上不慎失去了腹中的胎儿……

监区长吴静萍，看似外表瘦弱，实则做事干练，说话直爽。我向她求证这个传闻，她苦笑道："人少了，事又多，实在没办法。"她自己在监区里的绰号，就是"我来姐姐"。遇到什么麻烦，顶班、头疼的事，她都是一句"我来"。三监区组建之初，她曾在监区里待了 15 个日夜没回家。

问起"女汉子"这个称呼，每个女警都笑说："对，我们就是女汉子！"

留下记忆的"大诗人"

我很小的时候，就听过他的大名。等我读了几首唐诗的时候，我十分奇怪，他竟然和唐朝大诗人白居易"同名"？

他是白居义，旺苍煤铁厂的建厂创始人。姓名不但和白居易同音，而且都是山西人（白居易祖籍山西大同）。我想他肯定和白居易是同宗同族。只是一个是享誉中国诗坛一千多年的著名大诗人，一个则是长期隐没于四川盆地北边大山里的监狱警察。

但是，白居义的一生，都无愧于这一个“白”姓。首先，是他带领干部、犯人白手起家，创建了川北监狱的前身：旺苍煤铁支队。1952年8月1日，川北行政公署公安厅江油伐木队支队政委白居义，率领6名干部，2名技术犯人组成的首批建设人员，从南充市出发，步行150多公里，抵达旺苍县嘉川镇，在一片乱坟岗的校场梁上开荒、搭棚、开矿、炼铁。至今，川北监狱都流传着“白居义开荒”的故事，这无疑是对以他为首的监狱前辈的最直白、最好的肯定。

其次，他姓白，一生都做到了清白干净。据说，他到基层检查工作，都是直接到一线去，如煤矿井下工作面，炼铁炉前，直接找一线干部、罪犯了解情况，等等。在他们那一代老革命身上，贪污受贿、滥用职权、享受安乐等等，都是不可想象的事情。我参加过他的追悼会，他生前就立下遗嘱：丧事从简，不举行告别仪式，不收钱。真的做到了干干净净来，清清白白去。

第三个白，跟他的命数有关。他走时虚岁99岁，遗憾的是没到百岁。但是，“百”少“一”横（岁），岂不正是一个“白”字？他是抗日战争最艰苦的

1939 年参加革命的，又经历过共和国的困难动荡岁月。在生活条件、工作环境、医疗技术水平都很差的情况下，能如此高寿，的确少见。但中国自古有“仁者寿”的说法。像他这样的有德有行、有功于川北监狱的仁者，心地坦荡，一生问心无愧，自然能高寿、长寿。而且我采访他时，他已经是“90 后”了，但头脑清醒，语言表达完整，逻辑清晰。对比之下，不得不让后辈们汗颜。

采访中，我在想，他虽然不是诗人，也很少写什么文章。但他丝毫不逊色于远祖白大诗人的成就。正如毛泽东所言的，他们是在一穷二白的白纸上，画出了最美的图画。

70 年来，新中国监狱事业艰难坎坷的建设、改革、发展历程，其间的壮怀豪情，一路的跌宕起伏，深处的动人绝响，难道不是一轴史诗性的壮阔诗卷吗?

而我们要做的，能够做到的，就是记住他们，不要让他们成为没有印象的一片空“白”。

■何经磊　陈合生

救　赎

人是可以改造的，就是政策和方法要正确才行。

——毛泽东

究竟是什么让一个在监狱服刑的罪犯坚持149天颗粒不进，只求速死？

究竟又是什么让这个罪犯张口吃饭，挺身站起，阔步新生？

——这是一场与死神赛跑的接力！这是一段爱与良知的感召！这是一个发生在四川省广元监狱内的鲜活“新闻”，如果不是亲历，实在让人以为奇谈。

一个“活死人”被担架抬进监狱

2016年10月12日凌晨1时许，一声刺耳的汽笛声打破初秋夜晚的宁静。长长的广元火车站月台上，20多名监狱特警、40余名武警荷枪实弹、严阵以待，精神抖擞地伫立在站台上。紧接着一道强光划破夜空，照亮了前方的轨道，伴随着汽笛声，一辆押载着数十名服刑罪犯的专列，缓缓停靠在站台上。

长长的站台被探照灯照得雪亮，只有脚镣碰在水泥地上发出的“嗤嗤、嗤嗤”声、手铐偶尔碰撞发出的“咔咔”声。这微寒的沉静中，罪犯交接工作在J省和四川两地警方的密切配合下，正有条不紊地进行着。

“慢点，保持担架平衡。请让一让！请让一让！”随着突然冒出的急促声音，所有人不由自主地转过头去，只见4名民警抬着一副担架缓缓从列车上下来，担架上还挂着输液瓶，一个头戴防寒帽的服刑罪犯，被捂得严严实实，只有脸孔露在外面，还在输液。

“什么情况?”乍见这一幕，负责带队接收的广元监狱政委林海心里一紧，立即问道。

听见接收方发问，站在一旁的J省警方负责人接口道：“担架上的罪犯叫阿黑，绝食，已经128天，只能靠液体维持生命。”

林海忍不住走了过去，此人骨瘦如柴，头发又蓬又长，胡子青灰，眼窝深陷，面色灰黄，嘴唇干裂，已经奄奄一息。随行的广元监狱医生职业性地用手探了探阿黑的鼻尖，看了看瞳孔，又摸了摸他的脉搏，一边摇头一边对林政委叹道："情况很不妙！"

"快，快，抓紧时间交接！"来不及细想，林海立即发出催促令。

时间就是生命，很快，交接工作结束，长长的押运车队就风驰电掣般驶入茫茫夜色之中。约莫 20 分钟，病犯阿黑就被紧急送进了监狱医院。

"尽最大努力抢救罪犯的生命！"看着气若游丝的阿黑，林海心急如焚，立即吩咐监狱医生。

资料显示，阿黑，四川凉山人，彝族，5 年吸毒史，已婚，2010 年 8 月因盗窃罪被判处有期徒刑 5 年。在看守所，他开始绝食，经 J 省看守所申请，J 省 D 区人民法院决定对其取保候审。取保候审期间，阿黑不思悔改，再次因贩毒被公安机关抓获。被捕后，被判处有期徒刑三年九个月，阿黑在看守所又故伎重演，开始绝食，又一次想逃避刑罚……

一滴滴液体在延续他的生命

紧接着，林海召集分管监管改造的副监狱长和狱政、教育、狱侦、刑罚、生卫、医院、监区等部门召开紧急会议，通报阿黑情况，专题研究抢救方案。

会上，意见分歧很大。

医院罗副院长首先发言："鉴于监狱目前医治条件，建议转入省病犯监狱或邀请广元市医院的专家过来会诊。"

"根据阿黑在J省监狱的服刑情况，阿黑用这种方式逃避改造屡试不爽，可以断定该犯心理出了问题，等阿黑生命体征稳定后，及时介入心理辅导。"教育改造科长建议。

接过教育改造科科长的话，刑罚执行科科长说："这种绝食抗改心理，在服刑人员中不占少数，如果这次不能有效打击，今后将会在犯群中起负面影响，也会对我们刑罚执行工作造成障碍。"

"基本上是死人一个，绝食128天，估计救活也是个废人，有什么意义？"参会民警窃窃私语。

"这岂不正中阿黑下怀，达到了他逃避法律惩罚的预期目的，阿黑的行为就是变相与监狱叫板挑战法律权威，必须坚决遏制！”

…………

听完讨论发言，林海环视会场，放下手中的笔，轻轻合上厚厚的笔记本，郑重地说道：“监狱是国家刑罚执行机关，作为监狱人民警察，我们必须从依法履行惩罚和改造罪犯的职能的角度强化法律担当，必须从不抛弃、不放弃和珍爱生命的维度强化人道担当，并且要通过对阿黑的惩罚改造，用事实告诉每一个罪犯，任何形式的抗改行为都是徒劳的，只有积极改造才有真正的出路！”

会议最终形成决议：抢救生命、心理疏导、平稳过渡、改造转化。

与此同时，监狱医院组织的抢救行动在有条不紊、争分夺秒地进行。

128天的绝食，几天的火车颠簸，阿黑的生命体征极差，血压低至危险值，呼吸微弱，无意识，处于深度昏迷状态。

“只要有1%的希望，就要尽100%的努力！”

经过初步诊断：阿黑患多脏器功能衰竭伴废用性肌萎缩。

化验、测血、输氧、心电监护、开通静脉通道……经过近两小时的紧急抢救，阿黑的生命体征有了变化。

阿黑长期绝食，导致大小便失禁。尽管已经放置了导尿管，可还是不能引出小便。医护人员想尽一切办法，才成功解决阿黑的小便问题。

一波未平一波又起。阿黑长期绝食，导致肠胃蠕动功能弱化，出现了肠梗阻，医护人员又灌肠疏导，帮助阿黑解决了“大”问题。

凌晨 2 点，生命检测仪显示，阿黑心跳极为缓慢，且血压下降，情况十分危急，医护人员立即调整治疗方案，紧急从市内其他医院调来药品，请来技术力量，对阿黑会诊。经过医护人员一夜的抢救，次日，阿黑生命体征逐渐趋向稳定。

阿黑因绝食时间太长，严重营养不良，导致胸膜炎和极易传染的继发性肺结核旧病进一步加重，表现为语言困难，极度消瘦，不能站立，仅依靠静脉输液及鼻饲不能满足机体能量需要。

“如果不采取及时有效的治疗手段，引起营养不良并发症——呼吸麻痹，器官组织功能衰竭……后果不堪设想！”

“目前病人双下肢肌力减退、肌肉萎缩，建议请心理医生介入治疗，最好能够使其主动进食、进饮，减少静脉输液以保护血管，尽量鼻饲，外请营养师制定鼻饲液，安排护理人员多按摩上下肢，促进血液循环，防止下肢静脉血栓。”

…………

10 月 18 日，监狱医院通报阿黑病情，并针对阿黑病情展开讨论，研究下一步治疗方案。

“阿黑食欲已经丧失，仅靠静脉输液和鼻饲不能满足机体的能量需要，对血管也将造成严重破坏，治疗效果不容乐观。”

“阿黑双下肢肌力减退、肌肉萎缩，多按摩上下肢，促进血液循环防止下肢静脉血栓，建议心理医生介入疏导。”

“建议外请营养师制定鼻饲液，增加营养。”

通过讨论，监狱决定邀请广元市第一人民医院营养科教授进监狱来会诊，并通知负责心理疏导的民警及时介入。

10 月 20 日，广元市第一人民医院和广元市第四人民医院的两名专家再次会诊。经过会诊，最后决定采取“短肽型配方营养液鼻胃管注入和抗结核、胸膜炎、精神分裂症分段交叉治疗”。

经过监狱医院连续 6 天精心治疗，阿黑病情得到有效控制，心率、脉搏、血压、呼吸、神志等生命体征趋向正常，从鬼门关闯了过来。

一勺水终于润进他的咽喉

10 月 20 日，教育改造科组织心理矫正组民警召开专题会议，就如何对阿黑进行疏导作了周密安排。

当日，副科长郭小东带领心理矫正民警到医院办公室，向值班医生了解情况。

值班医生正在电脑上拟写罪犯病例，转过头来，脸上带着严肃的表情，用异常沉稳的语调说：

“阿黑现在虽然生命体征处于平稳状态，但是长期不进食导致身体机能处于衰竭状态，如果不主动进食，生命很快会走到尽头，我认为阿黑主要还是心理问题，你们要做好攻克难题的思想准备。”

随后，郭小东来到阿黑的病床前，一边用手不停按摩阿黑骨瘦如柴的身体，一边关怀备至地与阿黑进行交流。

郭小东磨破嘴皮，阿黑油盐不进，双眼紧闭，不做任何交流。阿黑的态度气得郭小东一脸通红，眼睛瞪得大大的，死死地盯着阿黑，眼中仿佛要喷出一团火，要烧掉眼前的“敌人”。

第一次谈话以失败告终。

回到监狱心理健康中心，郭小东组织攻坚小组又一次召开专题会议。

讨论了一上午，都没有拿出最佳方案。一时间，大家被一种气馁的气氛笼罩着。

“活人不能被尿憋死!”这时，心理咨询师冯云端起茶杯，吹了吹冒着热气的茶水，浅浅地喝了一小口，站起来，松开紧皱的眉头，缓缓说道：“之前教育疏导没有成功，并不意味着我们就一定失败，我们要‘死马当成活马医’。办法总比问题多，只是暂时没有找到开启他心扉的钥匙。”

第二天，冯云就来到阿黑的病房，自带一个凳子坐在阿黑的床前，抛开阿黑的对与错，抛开民警与服刑罪犯身份的界限，不问他的是是非非，只作一般性谈话：“阿黑啊，我是广元监狱心理咨询师警官冯云，我从医院了解到，你现在的生命体征各项指标正常，刚刚才30多岁，你还这么年轻，你这样轻易地抛弃自己、放弃生命太可惜哦……”不管冯云怎么劝导，阿黑始终双眼紧闭，毫无反应。

十多天的心理疏导，效果不佳。

世上无难事，只怕有心人。冯云心想，一辈子管过无数的罪犯，那么多抗改的都教化过来了，我也就不信搞不定一个阿黑。

一日，冯云来到阿黑的病房，聊邛海美景，聊彝族火把节。“阿黑，这几天你们老家的山顶上可能下雪了，山下就是你熟悉的村子，你的儿子和两个女儿还在等你回去，你老婆可能正在火炉边煮了一壶酒等你呢……”

“阿黑，你好久没有看过火把节了吧？你们彝族的火把节好耍啊，好浪漫哦……”

这时，病房里响起了美妙的彝族音乐，在婉转起伏的伴音中，冯云发现阿黑的眼角有些湿润，欲言又止的神情跃然脸上。

接着，冯云又赞美起了阿黑家乡的美景，自言自语地说，好想再找个时间去泸沽湖看看，可不知道什么时候去好。

一直静卧着的阿黑低声说道："夏天去，最巴适！"

这一声"夏天去，最巴适"令冯云激动不已。

"对，对，夏天去最巴适，好像夏天这个时候你们举办火把节吧？"冯云试着将话题再抛回去，然而，阿黑又没有反应了。

阿黑终于开口说话了，更加坚定了冯云挽救和改造他的信心。

在与阿黑的交流中，冯云有意叼着香烟坐在阿黑的病床上，一支一支不停地抽。闻到烟味，阿黑痴痴地盯着冯云手中的香烟，喉结出现了明显的蠕动。

冯云意识到毒品与香烟的成瘾机制完全一样，蠕动的喉结显示阿黑的吞咽功能正常。

"来一口吗？"冯云下意识地问了一句，此时，阿黑既不摇头，也不点头，只是眼巴巴地望着他。

冯云急忙递给他一支点燃的香烟。

"要得！要得！"阿黑急忙接过香烟猛吸两口，"哎呀，真快活啊！"

见此情形，冯云意识到机会来了，便说："你太久没吃饭喝水了吧，先喝口水顺顺气，抽起更舒服。"

一旁的护士机灵地把一杯温水递到冯云手里，冯云拿着勺子，轻轻地一勺一勺喂到他的嘴里。阿黑侧了侧身子，眼含热泪，将水喝了进去。

功夫不负有心人。冯云针对阿黑有吸烟、吸毒的经历，采用心理干预中的阳性强化疗法，用吸烟刺激阿黑顽固的神经，利用烟瘾与毒瘾有共同的成瘾机制，成功使阿黑开口说话、饮食。

一双瘸腿终于站起来走向新生

成功突破阿黑的心理防线后，监狱再次召开专题会。

在听取与会同志意见的基础上，政委林海提出了四点要求：一是教育改造科继续强化心理疏导，争取巩固和扩大成果；二是监狱医院继续做好治疗和护理工作；三是监区积极配合医院做好其身体康复训练；四是综合运用五大改造，重树阿黑走向新生的信心。

按照林海的要求，各项工作有序跟进。

在心理咨询师、医护人员和监区民警的共同努力下，阿黑开始与人交流，能吃下稀饭，进而是干饭、鸡蛋、回锅肉……

阿黑的病情一天一天地变好，身体机能也逐渐恢复，体重从 40 公斤提升到了 60 公斤。

为了使阿黑站起来，监狱专门安排三名服刑罪犯辅导其康复训练，每天由两名服刑罪犯用两手把他架起，支撑他行走，起初他四肢无力，脚一触地就发软，只能让辅助人员用手把其双脚打开，一步一步往前挪动。

一步，两步，三步，经过长达 15 天的康复训练，阿黑从最初的颤颤巍巍，到最后能自行打饭，上卫生间，基本恢复成了一个正常人。

命是保住了，也开口吃饭了，但阿黑就是不愿意和他人交流，总是沉默不语，警官与他交流时他更多的是听，回应得少。

为稳定阿黑思想，林海安排民警进行一次家访，试着用亲情的力量教育感化他。

监狱民警经过 6 个小时的颠簸，次日下午到达阿黑的家乡——凉山。

见到阿黑的母亲，民警详细介绍了阿黑在监狱的服刑表现。

经过民警、村干部反复劝说，终于做通了其母亲的工作，同意以视频的方式与阿黑见面。

面对屏幕里多年不见的亲人，听着儿女们对自己的声声呼唤，阿黑再也忍不住了，眼泪夺眶而出，哽咽地说道：“阿母，女儿（阿依）——我错了，我错了！我对不起你们，我把你们害苦了……妈，我的宝贝女儿，你们放心，我一定要好好改造，争取早点回家来看你们。”

沉舟侧畔千帆过，病树前头万木春！在多方努力下，阿黑终于站起来了。不仅能生活自理，还可以收拾监舍，打扫卫生，干一些力所能及的事情，性格也一天天变得开朗，情绪也日渐乐观，每天还主动开口与身边的其他罪犯交流。

如今的阿黑逢人便说：“是监狱给了我第二次生命，我一定要好好活着，踏实改造，用优异的改造成绩来回报所有关心我的人!”

我们欣喜地看到，春天的太阳融融地照过来，给每一个人都带来蓬勃的希望……

（注：文中罪犯阿黑系化名）

■张宝红

我“家”的房子

——新中国成立70周年“家”的变迁

家，对于每一个人来说，就是有一座房屋，有爹、娘，能吃饭、睡觉的地方。我的父辈一辈子都在为房子而奋斗。记得小时候我家的房子是青砖灰瓦土坯房，我稍大了一点，也就是20世纪70年代末，家里的房子换成了砖瓦房。

1985年到外地去上学，学校里寝室的房子是灰色的水泥楼房，每层有公共的洗脸间和厕所，让我非常高兴，终于住上楼房了。每天上下楼脚步总是轻快的。学校的实验楼是一栋十分气派的五层高楼。每天上课、下课都要从实验楼经过，经常仰视着，幻想着进去看看。终于轮到我们可以上实验课了，心里非常激动，很早就去了实验楼，临窗远看，微风吹来，心里美滋滋的。

毕业后分到旺苍县嘉川镇的旺苍煤铁厂水泥厂工作。单位分给我的寝室是一间青砖灰瓦的小平房，非常潮湿，屋外的青苔绿油油的。那时的水泥厂，只有两栋室内布局不合理的楼房，据说还是水泥厂的职工自己动手修建的，有着用笨重的水泥和着细石子装饰的墙，而罪犯住的房子却是三层高的大楼房，我经常心里不平衡。水泥厂的厂房也是砖瓦房，只有原料厂有个两层的灰色的小楼房，乍一看就是改造的：一层是库房工具房，二楼是民警值班备勤的地方，里面的椅子各种各样。一到晚上，两三个上班的民警就开始了抢椅子“大赛”，谁抢到好座就可以舒适地靠在靠背上。

90年代了，罪犯的监舍经过改造，功能也多了些，各个中队都把自己中队的门楼翻盖成了两层楼房，一楼值班室、坐班室，二楼谈话室、积委会。室内墙粉刷得雪白，地板是用红黄油漆勾勒成地板砖模样，甚是好看。罪犯上课的教学楼也是自己设计、自己修建的四层楼房。教室窗明几净，雪白的墙壁，光滑的水泥地板。虽然干警的工作环境不够好，但工作还是很认真的，那时青春澎湃，条件艰苦也挡不住满腔热情。

进入 90 年代中期，改革的春风吹绿了东河两岸，也吹活了米仓山的满山青松翠柏。水泥厂生产的“玉皇”牌水泥一次性通过国家质量认证。我参与了全过程，真的可以用扬眉吐气来形容。这也确立了煤铁厂大型企业的地位。适逢邓小平南方讲话的春风吹到了这里，煤铁厂下属的炼铁厂、铸造厂、焦化厂、煤矿、电厂都红红火火，效益蒸蒸日上。效益好了，人们的口袋鼓了起来，想着就是改变居住环境，修楼房、建花园是理所当然。水泥厂就在住宅区的后山上修了一个“玉皇园”，雕梁画栋，回廊曲折，青松、翠柏、香樟，错落有致遍布山坡，假山金鱼池，花草环绕，是人们茶饭后悠闲休憩的好去处。“玉皇园”见证了水泥厂辉煌的时代。

1995 年我终于搬入了单元楼房，有独立的卫生间、洗澡间，还花钱进行了简单装修，换了新家具。晚上住在新房子里感觉就像住宾馆一样，兴奋了好久。我终于有真正的家了，有独立的空间了。家里买了大彩电，冰箱、洗衣机、生活用品一应俱全，小日子也过得很惬意。效益好了，罪犯的生活质量也提高了。罪犯用的被褥、生活用品也统一了。他们还是住的原来的楼房，但里面的设施更人性化。这时监管改造的任务更艰巨了。监舍周围修建了高墙电网，专门修了门楼，供武警站岗值班。高墙围绕监舍四周，武警每天都定时在围墙上巡逻。监狱的威严形象展现在人们的视野里。监舍和家属区彻底分成了两部分。女同志进入监管区的管理也严格了许多。监狱的威严形象在我的头脑中正式形成了。高高的灰色高墙电网矗立在人们的视线中，尤其高墙围着监舍一周，四个角四个岗楼，武警日夜坚守巡逻，肃穆庄严；罪犯的行为也逐渐规范。我们身上的警服也不断变换，逐渐与国际接轨。军绿色衬衣换成灰色衬衣，领花换成肩章，警衔也随着时代的变迁成了警龄的象征。

社会在发展，时代在进步，改革开放的脚步踏遍了祖国的山山水水。“我们唱着东方红，当家作主站起来，我们唱着春天的故事，改革开放富起来。”改革开放的春风没有遗忘大山里的我们，把我们带进了千禧之年。进入 21 世纪，依法治监，文明执法，创建文明监狱步入法治轨道，中队变成了分监区，大队叫监区。紧随改革的步伐，监狱和企业进行了分家，民警的职能就是管理罪犯，民警的工资由国家财政保障。

进入千禧之年后，祖国日新月异，人民的生活发生了翻天覆地的变化，周边的农家都盖起了小洋楼，室内装修得富丽堂皇。民警的住宅虽然还是老样子，但房子在改革的春风中变成了私有财产，所有成套的楼房都办理了房产证与土地使用证。民警们为了住得舒适，自己花钱改变室内环境，各种时尚的舒适的装修进入小家庭，各种生活家电融入了日常生活。我们在生活区种树栽花，大搞绿化，并请专人打扫卫生。罪犯的劳动生产从室外转移到室内，室内加工产品成了罪犯劳动改造的主题。罪犯的行为规范、权利义务都纳入了法治轨道。

随着改革的不断深入，监狱被纳入国家布局调整，向大中型城市搬迁。国家对监狱的布局调整政策如一缕春风，吹开了民警的心扉。条件好的民警，为了下一代能接受更好的教育，纷纷到广元、绵阳购买房产。尤其是我监狱确定搬迁到绵阳的方案一出台，民警们笑逐颜开、兴奋异常，一到休息日就成群结队地到绵阳看房购房。据说绵阳的房价都是由监狱的民警炒起来的，不过这肯定有点夸张。房子又成了民警之间茶饭之余的话题，有机会聚在一起聊的就是你的房子在哪个小区，多少钱买的；他的房子在什么地方，用了多少钱……你的房子，他的房子，都是房子，都是家。环境的变化，人们的追求的变化，让房子更生动起来。

2012 年，我们监狱整体搬迁到绵阳。新的厂房，新的监舍，新的办公楼，新的家属小区，一切都是新的。整齐划一配套标准的监舍，高大宽敞的厂房，电梯上下的办公大楼，功能齐全的备勤楼、会见楼、武警营房……一个全新的监狱，展现在人们的视野中。

早晨，在鸟儿闹喳喳的叫声中，曙光也在人们的期盼下露出了光华。沉睡的“家”在起床铃的喧嚣声中睁开睡眼。新的一大开始了，每座小院都鲜活起来了，人声鼎沸。每座小院结构都一样，三面栅栏围着一栋楼房。小院有宽敞的坝子和篮球架、羽毛球场地。

监舍一楼是大餐厅，剩下的楼层就是住房。每个房间一模一样。水磨石的地板，明亮的玻璃窗，上下两层的单人床，床上统一配置同色系的床单被盖，洗漱间的毛巾、漱口杯子整齐地摆放在指定位置。窗外是多种多样的果树花草环绕，春天桃李芬芳，秋天瓜果飘香，如同置身在花园里。

家的核心——指挥中心办公大楼，高大气派，引领家的发展方向。办公大楼电梯上下，每间办公室由中央空调控制四季室温，室内崭新的桌子、椅子，办公设施一应齐全。就连罪犯们开展生产劳动的厂房也是两层楼房，宽敞明亮，通风透气。整洁有序的操作台在穿堂风的抚摸下露出笑脸。这就是我们美丽的新家。

在我们这个新“家”里，有学校，有医院，有运动场，有专门的劳动场地。“家”里的房舍全都是崭新的楼房。“家”里面树木葱郁，草地碧绿，四季瓜果飘香。“家”里还住着很多“问题人”。还有很多“藏蓝影”穿梭其中，辛勤耕耘。这就是我们搬迁后的新“家”。

新“家”见证了祖国改革开放的历程，是党中央关心监狱发展的见证；新“家”是顺应时代发展推进改革开放的弄潮儿，也圆了几代监狱人走出大山的梦；新“家”是70年祖国发展建设的里程碑，更是祖国繁荣富强的见证者，标志着国家的监狱工作进入了新时代。

■陈连琼

激情岁月

写在开篇的话

时间之轮永远都在向前滚动，永不回头。生命中许多看似简单的事，小到一个片段，都会让人发自内心地感动。每次观看监狱专题片时，见到一座座雄伟的建筑拔地而起，一所崭新的现代化文明监狱坐落在原来的山丘之间，一幅见证雷马屏人第二、三次创业的全景画卷，我都会心潮起伏，感慨万千。19 年光阴，岁月已数着我们脸上的皱纹和头上的白发。这一刻，我忽然想到，19 年前，有一群默默无闻的人，为了他们无限挚爱的监狱事业，曾经是那样一路走来……

1952年，根据中共中央西南局和邓小平“关于组织劳改犯人在雷马屏地区开办国营农场”的指示，1100名干部押解着1.5万名罪犯，逆流而上，跋山涉水来到西宁镇，开荒种地、砍树割草搭房，谱写了第一代雷马屏人艰苦创业的壮丽篇章。2000年7月，第二代雷马屏人又踏着时代的脉搏，由十多名干警押解七十多名罪犯顺江而下，带着放飞的梦想来到“天下秀”的峨眉山脚下的符北机砖厂，开启了第二次创业，谱写了气壮山河，坚忍奋进的新诗篇。

初到砖厂

2000年8月，丈夫去峨眉已一个多月了，我决定带女儿去探亲。脑袋里自然也就滋生出可以尽览城市繁华的雅兴，让人心驰神往，可谓“心在远方，行在路上”。

随着车子的行进，都市的气息愈浓，此刻无暇观赏窗外。然而，到符北机砖厂时，兴奋不已的心情却低落到谷底。只见公路边几间简陋的瓦房，连“以房代墙”的条件都不具备。两扇木门一锁当监舍，民警住的房子也是幽暗潮湿的，下大雨时所有能接水的工具都要用上，却仍漏得床上连栖身的地方都没有。而且只有六名民警住在厂区，其余的都租房住集体寝室。临时搭建的“卫生间”不过是砖当墙、塑料薄膜做“门”的茅坑，洗澡间也是在水塔下改建的。破旧的厂房有些矮小，只能遮雨。处处干燥，处处烫手，处处憋闷。只要深吸一口气，就可以闻到浓烈的泥土味。砖窑，使人喘不过气来。四周只有粉碎机的轰鸣声，民警们在烈日炎炎下汗流浃背的身影，焕发出仅有的生机。

这就是一直以来我都在斟酌着的对应的语言和词汇，精确地解读郊外的、这所谓的砖厂。当初的想象被打得七零八落。

傍晚，风还是暖烘烘的，热得人坐不住，蚊虫也扰得人心烦意乱。

当晚我们住在厂里。屋外大片的水稻，散发着乡间的气息。阵阵的蛙声、车声搅了好梦，辗转难眠。于是，起身走到屋外，才有一丝清凉的感觉。放眼望去，进车班、值班民警还在坚守……

在厂里几天，没有听到他们任何抱怨，每天满身的尘土、疲惫的脸庞诉说着工作的艰辛。生活条件的艰苦对他们来说不算什么，最艰难的是生产、销售问题。

以前，他们都是种植茶树的行家里手，现在要生产砖，这是个全新的领域，对制砖技术一窍不通，一切都无从下手。从采矿技术、喂料时加煤的数量，乃至制坯、烘干、进窑、出窑等这一系列工作流程，都是那么陌生。但他们努力向前、坚守责任，发扬孜孜不倦的精神，一点一滴地学起。还不辞辛劳到仁寿买耐火砖，到自贡买耐火焊条，维修窑子，保证生产的正常运行。

砖，一车车生产出来，只有销售出去才能实现它的商品价值。现在想起来，那是段很“囧”的日子：初到峨眉，他们没有人脉，没有市场，没有像样的衣服。去谈业务买包“阿诗玛”放在身上，却见别人都抽“云烟”而拿不出手，活脱脱一乡下人。七八月的天，骄阳像张火伞，晒得人们懒洋洋的，像是失去了活跃的生命力。但他们却要骑着私人摩托车到工地上去绞尽脑汁地推销自己的砖，而且四处碰壁是常有的事，真是饱尝了生意场上的种种艰辛。

后来，好不容易和夹江水泥厂达成供货协议。丈夫千叮万嘱一定要保证质量，并亲自随车送砖上门。到了目的地，没有验货签收的人，只得焦急地在四周转来转去，找人，等人。等待的过程真是一种煎熬。此刻，瓦蓝瓦蓝的天空没有一丝云彩，火热的太阳炙烤着大地，厂区里的土似在冒烟，刺眼。一小时后，卸了砖回厂。他们前脚走，买方又打电话到厂里（那时还没有使用手机）说砖有问题，叫拉回。下午四点多了，刚回厂里的他们又马不停蹄地赶去处理，闹得心里七上八下，不得安宁。最终，好话说了几“箩筐”，终于绝处逢生。

未雨绸缪，为避免生产成“焦砖”或“欠火砖”，提升砖的质量也是他们要攻克的难题。以后的日子，他们从未停止过探索和发展的脚步。

想着他们的辛劳，看着他们四处奔波、焦头烂额的样子，心里说不出的酸楚，其中的点点滴滴难以用文字来描述。有时候想，家人只要有相爱的心，有亲情相牵，彼此温暖，也是很幸福的事，奈何两地相隔，遥遥无期。但他们有太多的热情和信仰需要在这破荒的地方倾注。同时，他们知道只有用热情去奔跑、去超越，才能拾掇失败后的坦然、挫折后的不屈和困苦艰难后的从容。他们为了打好监狱转移的先头仗，为追逐梦想而奉献自我，默默奋斗在前沿。正如丁玲说的，“人，只要有一种信念，有所追求，什么艰苦都能忍受，什么环境也都能适应”。在他们身上，我感受到了一种人生的重量。

长夜无眠

暮色很低。

令人倦怠的烦琐工作忙完已 10 点多了，丈夫没有轻松的感觉，心里空空的。

2001 年 3 月，他接过“接力棒”，虽然一切基本步入正轨，但工作强度和心理压力都非常大。现在是非常时期，监舍、办公室、备勤房、厨房在修建当中。新监舍没有修好前，罪犯关押在厂房后面临时用砖砌建的工棚里。他名副其实地处于“火山口”“炸药库”。常常晚上睡觉都处于半梦半醒中，心里很担心出事，深夜都一直听着窑车进出的声音，连后来住备勤房他都选择容易听到声音的地方。安全稳定一直是监狱工作的灵魂。在监管条件尚待加强的情况下，人防是制胜的法宝。他重视对罪犯的个别教育，掌握其思想动向的同时，也注重对他们的人文关怀，尤其是对“三无”人员，在生活上经常关心他们。他常说，“人是至关重要的，任何信息化和硬件设施都不可比拼”。

非常时期铸就了铁的纪律。他又来到进车班，查看值班民警的值班情况，再到后面的关押点转了一圈。此时，凉飕飕的风起，千丝万缕的愁绪，在这浓重的夜空里翻滚纠结；千疮百孔的离思，在这漆黑的大地中盘旋，挥之不去。回到办公室，犹豫着给不给生气的妻子打电话，“我一个人在家洗衣做饭带孩子，你又做了些什么”，妻子总是这样抱怨着。他满心愧疚，在女儿八个月时，外出读了两年多的书，刚回单位一年又调到峨眉，整个家庭的重担落在妻子的肩上。有人说，女警右手监狱，左手家庭。是呀，男民警一心扑在工作上，女警是他们坚强的后盾，对其牵肠挂肚，又照顾老小；而自己的工作，还得尽心尽责，容不得半点懈怠。面对生活中的无奈甚至是困难，她们只有坦然面对，微笑前行，除此之外，别无选择！人们爱形容女人如“水”，其实女警就是那睡着了的“冰”，固守在后方。他想着同样是狱警的妻子，心生愧疚。

回到租住的小屋，没有电视可看。今夜，他不值班。他邀约了另外两名同志，三个大男人拿出两瓶酒，没有下酒菜，就在泡菜坛中夹出一坨生姜，一根一根撕着姜丝，唠嗑起来。也许这样能暂时一扫郁积在内心的苦闷，宣泄积累的压力。

其实，每个男人的生命中都有他不为人知的柔软的一面，在内心他们同样饱尝煎熬，心中满是不好受的滋味。谁不想让子女安心地在自己身边上学、玩耍，享受一家人天天在一起的快乐？现在，监狱是他们最大的幸福。他们憧憬着，为之奋斗着。

夜无眠，心无悔。

温情日子

2001 年年底，我终于调到砖厂，当起了伙食团"团长"，与男警们一同在苦涩中体味温情。

当时，每人预交 150 元的生活费，菜、米、油、盐、燃料等全部涵盖。为了履行好职责，不辜负他们一声"团长"的称谓，我每天一大早拿个蛇皮袋，穿梭于各个菜市场去买菜，然后又赶公交车运回来。工作虽苦，但一家子能在一起生活，互相照应，风雨相依，成为彼此心情的铺垫，最主要的是女儿有了良好的读书环境，我心里也洋溢着感激。

那时，每逢节假日，是厂里人气最旺的时候。民警们没有节假日、没有周末，妻子们只好带着儿女来探亲。刚接工作不久，就是元旦节，与以往过节如出一辙，要把所有职工、家属聚在一起吃团圆饭。平时两张桌子人都坐不下，现在人聚多了，桌凳、碗筷更不够用，不够就只好去借；没有场地摆桌子（厨房是临时搭建的），就把桌子摆在堆砖场上。他们对酒当歌，以天为凭，以地为证，过了一个热闹非凡的坝坝节，令人永生难忘。节日就像一个巨大的聚焦镜，把他们平日的思念浓缩了起来，把他们的心态凸显了出来。

2002 年年初，在监狱党委的大力支持下，分监区全体民警万众一心，共克时艰，加快发展，胜利完成备勤房、厨房修建，生活条件大有改善。有家的，一家三口住在十几平方米的房子里，单身的两人住一间。日子像雨点般密集洒下，单调地重复着，但希望在滋生。

每天早晨，民警们带着罪犯迎着冉冉升起的太阳，来到各分队作业现场。傍晚，疲惫的太阳结束一天的旅行，西方的山峦被阳光染成一片血红。劳累了一天的民警披着一肩夕阳的余晖，灰头土脸地组织罪犯打扫完劳动现场，收拾好工具，集合、收工。日复一日，他们黑得油亮，都自嘲是非洲来的“小白脸”。

下班后，办公室就是“家”。这里没有都市的繁华和喧嚣，他们还是钟情于宁静、自然、淳朴，看着大家苦中作乐的生活，很是开心。虽然只是一种简单的快乐，但是因为难得，所以显得弥足珍贵、和谐。

分监区觉得，大家工作压力大，文化娱乐条件差，两地分居的多，最重要的就是调整心态，驱散弥漫在团队中那种压抑的气氛。“如果没有全体民警的鼎力支持，再好的指挥也只能是自娱自乐”。正是出于这个考量，分监区里常常是开诚布公讨论问题，每一个人都感受到了前所未有的亲近和凝聚力。生活也因患难与共，多了几分感动，几分坚强。一路走来，每个人不仅收获无数风景，更难能可贵的是有了一种情感，恰如同源流出的溪水，纯净真挚，绵延不绝。

2003 年，陆续有民警搬到警官一园，住上了新房。结束了那段以厂为“家”的日子。砖厂，见证了他们的悲喜，也留下了他们实实在在的脚印。现在，虽然他们分散到各个监区，更换了不同岗位，但亲情一直在延续，精神一直在传递。记得泰戈尔有一句诗，“天空中没留下翅膀的痕迹，但我已飞过”。

直到今天，他们时常感念在砖厂饱尝酸甜苦辣的日子，那是他们一生中最充实的时光，因为那段历程充满挑战。有位演说家说过这样一句话，“有些人，读懂了财富，却读不懂心灵；有些人，虽读懂了心灵，却只会独善其身；我觉得，人生价值的体现，不在于他创造了多少财富，而在于他改变或改善了多少人的命运与生活。”

是呀，这群肩负着教育人、改造人的特殊使命，并为社会构筑起一道和谐的“稳定之墙”的监狱民警，在感化一颗颗扭曲的心灵、重塑一个个灵魂的同时，也承载着党和人民的信任、亲人的希冀、历史所赋予的使命，奋战在这片土地上，不正是他们实现人生价值的体现吗？他们凭着坚强的意志，迈着稳健的步伐，怀着勇气和热忱，朝着认定的目标，齐心协力向着同一个方向努力，把劲都往一处使，全力以赴，哪怕日复一日，年复一年，永不后退。这种担当化作雷马屏人的红色基因，一代代传承。

因为他们懂得，只有不忘昨天的苦难辉煌，无愧今天的使命担当，才能拥有明天的伟大梦想。而这样一段弥足珍贵的经历，也令他们稍有闲暇，便轻柔忆起：如此，光阴，是大美！

结束语

因为感激，所以愿意回忆。因为几代人的夙愿，所以他们充满激情。在符北机砖厂，他们曾风雨同舟，甘苦与共。那里，他们放飞了梦想，留下了奋斗的足迹。点点滴滴的感动，汇聚成奔涌的记忆。记忆，总是能清晰地画出他们行走的轨迹，忠实地记录和证明他们曾真实地辛勤耕耘过，让人很容易察觉到生命的气息在历史的痕迹中继续流淌，生生不息。这样的记忆，以及记忆所包藏的情感，都成为雷马屏的气质基因。这就是人生，这就是历史。

谨以此，怀念那段艰苦卓绝和无私奉献的岁月，怀念那段苦涩温情岁月的美丽。

■何　柯

浪子也有回头时

他，又是他。

这已经是我连续第三个月在玻璃隔墙后看见他。

一个精瘦的老头，年过花甲，完全秃顶，只有四周还残留些稀疏的白发。他坐在那儿，局促地搓着双手，粗糙的掌心上爬满老茧，皮肤或许是因为长年农耕劳作而被烈日晒得黝黑。神色比起前两个月似乎更憔悴了些，他脸上的皱纹就像黄土高原上纵横交错的沟壑，深不见底，触目惊心。这位老父亲也太沧桑了吧，真是把生活的艰辛全写在了脸上。看着对面熟悉的那张脸，我的心莫名悸动。

他，就是罪犯李伟的父亲，从阳春三月到如今生机焱然的五月，每月初周五的监区会见日，总有李伟的名字。这几个月来，我早已习惯了他的出现。

今天，同样如此。

我带押着一列罪犯，刚迈进会见室大门，一眼就认出了他。他伸长脖子，有些佝偻的身子坐得笔直，注意力全在通道这边。五月的天气已然有些燥热，但他仍旧套着那身廉价的深蓝色中山装。这是一种只有上了年纪的农村老年人才会穿着的“劳动服”，布料厚实，四季适用。也许是常穿在身的缘故，蓝色的中山装已有些泛白，领口、袖口，包括上身口袋处已磨损得很厉害。目光往下一瞥，果不其然，他的脚上还是那双军绿色的解放鞋，胶鞋明显是被细心地洗刷过，表面还算干净。几个月了，这位老父亲总是穿着这身略显寒酸的装束来探视自己的儿子。月月如此，雷打不动。在他周围，总有些异样的目光萦绕在他身上，也许是嫌弃他的穿着，又或许是感叹他的苍老。但对于他来说，别人怎么看一点都不重要，重要的是自己的儿子在这里，就算他罪不可恕，即使他咎由自取，但他终究是自己的儿子。血，浓于水，这一点，无法改变。

“李伟。”“到!”“你是 11 号窗口，今天的会见时间还是半个小时，抓紧时间。”“是，谢谢警官！”会见的相关事宜很快安排完毕，我围着会见窗口巡查一遍，被玻璃墙相隔的双方都手拿话筒开始了对话，父亲与儿子，妻子与丈夫……大家都小心翼翼，轻声细语，会见大厅里亲情四溢。

看着坐在面前的十几名罪犯，我想了想，径直起身走向同步监听李伟通话情况的耳机，戴上它，听筒里传来他们父子之间清晰的对话。李伟的老父亲引起了我极大的兴趣，我迫切地想知道他们父子之间会聊些什么。

“爸，你还好吧?”李伟轻声问道。“还好，身体没病没痛的，不用担心，你照顾好自己就行。我知道你调到配餐中心去了，都在上灶炒菜了，我真是高兴。你一定要好好改造，争取早点出来。如今国家的政策好啊，我们村也是大变样了。我原来不是给你说过吗，现在政府正在大力开展精准扶贫工作，上面陆续也给各个村子下派了扶贫干部。去年年初咱们村上也来了一位驻村精准扶贫的第一书记，是市司法局派来的，姓王。王书记给我们村找了好多扶贫项目，他了解到了你在监狱服刑，我又只有一个人，晓得我恼火，就对我特别关照，不但给我建了档，排了脱贫时间表，让我吃上了低保，还把我列为村上的重点帮扶对象。王书记每个星期都要到家里看看，我每次留他吃饭都不吃，他总说让我们相信他，他有信心让我们家脱贫致富，但前提是要舍得干。我怎会不相信他呢？他这样一个城里来的干部都在想方设法地帮助我们，我自己哪有不努力的道理。上个星期，王书记和村上的养殖合作社又给家里送来了猪仔、鸡苗，还有不少果树苗子。他让我先把养殖和种植搞起来，销路不用愁，老板他都联系好了。等农闲的时候再安排我去茶园上班，还能多点收入。王书记说，照这样发展下去，等你回来的时候，我们家肯定已经摘掉贫困户的帽子了。我想想都激动，这些共产党的干部是真好啊。”

说到家乡的发展，老父亲的眼里阵阵泛光，他的情绪稍显亢奋，连声调都高了几分。从他的话语里，我能听出，他对我们党和政府的扶贫政策是真心拥护的。

“没想到现在的政策这么好啊，不过你还是要注意自己的身体，不要累坏了。这个时候，我真应该在家和你一起奋斗的，可惜，我，唉……”李伟自责又内疚。“没得事，没得事，我等你回来，一切都还不晚。”老父亲急忙安慰着儿子，“不过，有件事我要提醒你，你出来之后不管是回来帮我也好，还是想到外面闯一闯也好，我都支持，但前提是必须走正路，不能再走歪门邪道！”老父亲话锋一转，慈父的担忧挂在脸上。

李伟听到父亲的告诫，更加羞愧难当，他低下头，拿着话筒的手在微微颤抖。这一刻，他没有说话，他也不知道该说些什么。因为自己的自私、叛逆，他深深地伤害了父亲，他没有资格求得父亲的原谅，他必须为自己的行为付出代价！良久，还是老父亲打破了沉默，“其实，你走到今天这一步，还是该怪我，没有教育好你，书又读得少，让你走了这些弯路，我真是觉得对不起你。”老父亲红着双眼，话语一度哽咽。“爸，不怪你，走到这一步都是我自己造成的，都怪我当年不懂事，是我让你受苦了……还有，上个月不是都说了不让你来的吗，这么远的路，你又舍不得坐车，都六十多岁的人了，腿又不好，走路下山好辛苦。”李伟嗔怪道。“不要紧，你不用担心我，我的身体还好，见到你我就放心了，你在这里面照顾好自己就行。一定要听警官们的话，劳动的时候多干点，多学点本事，回来肯定用得到。”情到深处，双方都没再说话，时间仿佛凝固了一般，父子俩的心在此刻再次走到了一起，水乳交融，不离不弃。

半个小时一晃而过，李伟他们的会见顺利结束。回到监区，我到管教办找出了李伟的档案：李伟，男，1994 年生，乐山马边人，抢劫罪，刑期 5 年。再翻看判决书，他是因为 20 岁那年伙同他人抢劫作案多起，后自知闯下大祸，东躲西藏一年多，最终还是锒铛入狱。

入狱初期的李伟有些自暴自弃，破罐破摔，三天两头地违规违纪：顶撞民警，消极怠工，争狠斗勇……这从副档里装着的一份集训审批表和几份他写的检查也能看出端倪。原监区民警对李伟也是头痛不已，为挽救他，监区想尽办法，但都收效甚微。后来，监区民警又积极尝试各种改造方法，经过不懈努力，他终于痛改前非，积极改造。因为表现较好，再加上他有学厨经历，监狱将他调到了九监区配餐中心，在这里他更是如鱼得水，整个人焕然一新。

厚厚的一沓材料勾勒出李伟这些年在监狱走过的路。作为一名基层管理者，我深知李伟的转变绝不是想象中的这么简单，改头换面的背后不知凝聚了多少人的艰辛与汗水。监狱民警的付出自不必说。李伟的老父亲，这个老实巴交的农民该是做出了很大的牺牲。

看来，我该听李伟讲讲他和他父亲的故事。

这天，碧空如洗。

午休后，利用配餐中心罪犯出工前的机会，我把李伟叫到了操场一角。“李伟，这几个月的会见都是你爸一个人来的，你妈呢?”“我妈？她在我很小的时候就离家出走了，其实准确地说是因为家里太穷，所以她抛弃了我和我爸。”我的问话勾起了李伟伤心的回忆。母亲这个早已模糊的角色触到了他心底的痛点，一丝苦笑浮现在他的脸上。他十指交叉，身体微微前倾，拘谨地坐在板凳上。李伟的答案不出我所料，我顿了顿，继续问道：“那就说说你的父亲吧，我看他年纪也大了，每个月还风尘仆仆地从马边来看你，看得出来他确实很爱你。你有这么好的一个父亲真是你的福气。”听到我谈到了他的父亲，厚重的

“父亲”两字拨动了李伟的心弦。他憨厚地笑了笑，身体渐渐放松下来，往事犹如电影片段一样从他的嘴里娓娓道来：

“我出生在马边劳动乡的一座大山里。这是一个彝汉混居的小村庄，资源贫乏，交通不便，四周都是茫茫大山。村民们只能靠种些玉米、土豆等勉强度日。我爸其实天生就有点残疾，他的左腿是有点瘸的，因为穷，又加上自身残疾，他直到四十多岁才和我妈结了婚。我妈来自马边一个更偏远、更贫瘠的地方，也许是从小穷怕了，又或许是对这个一贫如洗的家彻底绝望，她生下我后没多久就狠心走了。谁也不知道她去了哪里，我爸也从来没有去找过她。我爸就是这样一个人，总是为对方着想，他似乎从来没有怨过我妈。3 岁起，我就和我爸相依为命。说实话，我从懂事起就恨透了我爸，恨他没本事，恨他为什么会这么穷，恨他为什么不留住我妈。失去了母爱，我更加叛逆，他说什么我从来不听，就要和他唱反调。就这样，我浑浑噩噩地读到了初二，然后就辍学了。那时，我只想马上逃离这个家，逃离这个木讷寡言的父亲，离他越远越好。

“于是，我一个人跑进城里，找到一家餐馆打工，洗碗、端盘，刚开始什么都干，老板看我老实也勤快，就让我进厨房学炒菜。那时年龄小，耍心大，没多久我就厌倦了这样的生活。每天烟熏火燎的，又辛苦，工资也低。打工的日子里，因为交友不善，我做了一些错事，最终走到今天这个地步。得知我犯罪入狱，父亲并没有放弃。他知道我现在乐山，每个月的会见日他都要来看我，我服刑三年，我爸一次也没落下。一开始我真不想见他，我总是感觉自己沦为阶下囚，自己悲惨的童年都是他一手造成的，我拒绝见他，不想和他说一个字。别的同改得知有家属来会见都是满心欢喜，只有我是百般抵触。我宁愿在车间劳动也不愿去见他一面。我因此故意违规违纪，我就是要报复他，让他恨我。

“虽然我一再地违规违纪，监区民警仍旧没有放弃。为了解开我的心结，也为了化解我和父亲之间的隔阂，监区领导和管教一次次地找我谈话，不厌其烦地教育、开导我；教育科的领导也经常到监区了解我的思想和改造情况；领导们甚至还几次去马边找我的父亲家访，就是想从我父亲那里寻求答案，希望找到我对他如此抗拒的原因。监区领导回来后告诉我，我爸为了挣钱养家，不光是种庄稼，自己还在家里喂猪、养羊，现在又开始种起了果树。这些，都是他一个六十多岁的老人在独自承担。除了来看我，他都没有休息过一天。他这样辛苦操劳，每天也只吃两顿饭，他把每一分钱都留着，说是等我回来要用……当初监区领导告诉我的这些，我爸一个字也没有给我提过。在过去的日子里，我想了很多，也不断地在反思自己的所作所为，我的态度真是太不应该。谢谢警官们为我所做的一切，没有你们，就没有我和我父亲的今天。唉，现在我真的特后悔，以前真不该那样对他。这些年父亲一个人把我拉扯大，他太苦，太不容易了，我不知道有多伤他的心，我真怪自己太不懂事……”

话音刚落，李伟就陷入深深的自责之中。他眼里噙着泪水，头越埋越低，我能看出，他的内心一定备受煎熬。“还好你终于认识到了自己的错误。你好好改造，早点出去孝敬他，一切都还不晚。”我鼓励他。听了我的话，李伟抬起头，笃定地说：“人心都是肉长的，警官们对我的帮助我都看在眼里，记在心里。

你们对我这样一个罪犯都没有放弃，为我做了这么多，我还有什么理由不听管服教，痛改前非呢？感谢你们的不离不弃，是警官们的谆谆教诲让我认识到了什么是自私与任性，让我明白了自己过去的行为是多么的愚蠢、可笑。请警官们相信我，我一定会用实际行动来回报你们的关爱，我不会让白发苍苍的父亲再苦苦等待！”

这，就是一个父亲对儿子无私的爱：即使孩子们因自己的年少无知而身陷囹圄，失去自由，父亲们却从未曾放弃。他们在坚守，在期盼，盼望浪子回头，憧憬一家团聚。

李伟无疑是幸运的，因为他有一个知他、懂他、爱他的父亲；但他又是不幸的，毕竟他从小就失去了母爱。爱的缺失也让他的青春岁月一度蒙上阴影。幸好，在监狱民警和家属的共同努力下，失足少年终能迷途知返，重回人生正道。

谁说监狱总是阴森可怕，让人不寒而栗？监狱也有脉脉温情，监狱也有世间至爱。李伟的转变只是我们工作的冰山一角，在我们的身边，还有千万个李伟需要我们来挽回，去拯救。这条道路注定波诡云谲，布满荆棘，但这就是我们监狱人的使命。路漫漫其修远兮，吾将上下而求索。为了胸中的理想，我们，义无反顾！

李伟的故事暂告一段落，他向我报告，转身离开。很快，配餐中心里的切菜声、洗碗声、机器声交织在一起，奏响了一首和谐共鸣曲。对李伟他们来说，这只是一个普通的略带闷热的夏日午后，纯粹而简单的改造生活，仍将继续。

此时此刻，我想说的是——

浪子回头，犹未晚矣。